Roseline Sultana Arnéodo

Les enchanteurs de la Terre

Les Éditions du Panthéon
12, rue Antoine Bourdelle – 75015 Paris
Tél. 01 43 71 14 72 – Fax 01 43 71 14 46
www.editions-pantheon.fr

ISBN 978-2-7547-1275-0

À Daniel

REMERCIEMENTS

– À Notre Dame de Guadalupe et à Sainte Radegonde

– Au Professeur Josanne Vassallo, MD, PhD, FRCP, FACP, FACE, ma « guérisseuse »

– À Marie Thérèse, Marie Hélène et Christiane, mes premières lectrices et conseillères

SOMMAIRE

LIVRE 3
RENCONTRE

LIVRE 4
DANGER

LIVRE 5
RÉVÉLATION

LIVRE 6
DÉLIVRANCE

Il était une fois...

An de grâce 1122, quelque part dans le royaume de France.

LIVRE 1

UNE JOURNÉE

CHAPITRE 1
LA FILLE LOUP

Du fond de la tanière chaude et humide, la Fille les imaginait, cheminant dans le sous-bois les uns derrière les autres à leur habitude. Ils étaient partis la veille dans le crépuscule parfumé de Mai. Elle revoyait Père Loup qui marchait, la queue tendue, le poil gonflé, les oreilles droites, exagérant son port fier de mâle dominant, comme pour prouver à Loup Noir toujours sur ses pas que c'était encore lui le maître. Derrière lui, la Mère ; puis, en ordre hiérarchique décroissant dans la meute, les jeunes d'il y avait deux ans et la portée de l'année précédente, ou du moins ce qui en restait, ceux qui avaient survécu au rude hiver, à la maladie et aux chasseurs. Ils étaient six dans la meute, sans compter les deux petites boules de poils qui dormaient paisiblement, lovées contre elle, la Fille Loup, leur sœur humaine.

Elle regarda avec tendresse les bébés loups allongés, ses bébés. Dans son sommeil, l'un d'eux esquissait des pas de ses petits membres frémissants, tout en émettant des jappements légers, les yeux fermés : il explorait le pays des rêves...

La famille loup comptait neuf membres, en cette saison du renouveau. Neuf, en s'incluant elle aussi, car par un étrange tour du sort, la Fille humaine faisait depuis sa naissance partie de la meute. C'était son unique famille. Elle en était un membre intégral, et en même temps un membre à part, au statut unique. Elle était à la fois leur vulnérable enfant sans poils, à protéger toujours, et paradoxalement la plus vieille en âge, un peu leur mère à tous. Elle était la mémoire de la meute car elle était la première enfant de la Première Mère, la louve à la queue coupée, qui l'avait trouvée et élevée. La Première Louve était morte à l'âge vénérable de douze ans, depuis sept printemps déjà.

Les heures s'écoulaient. La Fille Loup sommeillait, prête à réagir au moindre bruit, car elle était la gardienne de la précieuse nouvelle génération, des petits de la louve dominante, la seule de la meute ayant le droit de se reproduire. La Mère n'avait eu que deux louveteaux cette année là, car elle allait dans ses dix ans maintenant. Elle aussi devenait vieille... Cette portée l'avait fatiguée. Elle en avait assez des petits, surtout lorsqu'ils s'attachaient à elle pour boire et, têtus, refusaient de lâcher prise, même quand elle se levait. Elle était alors condamnée à les traîner sous son ventre comme des poids, littéralement pendus à ses mamelles ! La Fille Loup aurait souri en visualisant la scène, si elle avait appris à sourire...

Soudain, un chant s'éleva dans le lointain, un chant à plusieurs harmoniques, un chant dont la beauté faisait frémir de respect et de crainte les habitants de la forêt.

Tous les animaux s'interrompirent pour l'écouter. C'était la manifestation sonore la plus impressionnante de ces régions sauvages : le hurlement de la meute. Une apothéose. Un chant pour le rassemblement au point de rendez-vous, exhortant à la cohésion avant la chasse, mais aussi un vrai chant de joie, une fois l'animal tué, qui réaffirmait les liens qui unissait le clan des loups et imposait le respect à tous. C'était un enchantement à chaque fois renouvelé pour la Fille Loup qui en percevait la grandeur et ressentait dans sa chair le plaisir que les siens y trouvaient.

Elle reconnaissait chacun des membres à sa fréquence vocale, normalement imperceptible à l'oreille humaine ; mais elle avait tellement l'habitude... Elle aimait les modulations de Loup Noir, dans lesquelles elle percevait son désir de l'impressionner. Elle attendait avec impatience le sevrage des petits pour pouvoir s'affranchir totalement de sa servitude et aller rejoindre, de sa voix dissonante, la meute dans ses vocalises et hurler avec eux à la lune. Mais ce serait pour plus tard. Les louveteaux avaient encore trop besoin de protection, besoin d'elle. Elle se resserra contre leur chaleur et finit par s'endormir, sûre que la nourriture serait là, bientôt.

Un museau humide vint se frotter contre la bouche de la Fille Loup et la lécher gentiment, puis un deuxième. Les petits, à l'ouïe perçante et à l'odorat bien plus fin que leur sœur humaine, s'étaient réveillés les premiers, et ils étaient en appétit ! En effet, la meute était de retour, et l'odeur du sang frais pénétrait dans la tanière. La proie était un jeune chevreuil qu'ils avaient encerclé après l'avoir séparé de sa mère.

La queue frétillante, les louveteaux sortirent du grand terrier qui servait aussi de tanière à la Fille humaine dont la taille adolescente dépassait celle des loups, même si elle se tenait le plus souvent à quatre pattes comme eux, copiant leur posture par mimétisme depuis sa petite enfance. Geignements et jappements s'échangèrent dans la surexcitation, la joie et l'impatience. Il fallut attendre que le père se serve. Il arriva, crinière gonflée et oreilles dressées. C'était lui le chef. C'était de lui que dépendait la survie de la meute, et il le savait. Tous se regroupaient autour de lui avant les départs pour la chasse. C'est lui qui choisissait les proies et les stratégies. C'était donc à lui que devait revenir le meilleur morceau.

Mais ce jour-là, soudain, la tension monta, car Loup Noir s'avançait. La meute se figea. Le jeune loup, qui avait dépassé depuis un an déjà l'âge de fonder sa propre meute, devenait chaque jour plus provocateur. La Fille était inquiète. Elle avait déjà vu des mâles se battre. Le résultat n'était pas beau à voir. Loup Noir avait été de tous les bébés, son préféré, avec son pelage étonnant sorti de nulle part. Et depuis peu, les rôles s'étaient inversés. Il était devenu son protecteur. Des sentiments étranges les unissaient maintenant. Il était comme son prétendant, son amoureux…

La confrontation entre les mâles dura quelques secondes – une éternité. Les deux loups se fixèrent, yeux grands ouverts, babines retroussées, oreilles dressées ; les poils étaient hérissés et les queues droites. Le combat serait-t-il pour ce jour-là ? se demanda la Fille.

Mais non. Après avoir montré les crocs de ses puissantes mâchoires capables de broyer les os d'énormes proies, la Fille vit Loup Noir faire soudain marche arrière et, refoulant son instinct de domination, se transformer sous ses yeux en animal plus petit, au regard fuyant, aux oreilles baissées, la queue rentrant doucement entre ses pattes. Il roula sur le dos devant son Maître, déclarant ainsi sa soumission à l'autorité du loup dominant.

La tension disparut instantanément. Le Père mangea. Puis la Mère. Les louveteaux gambadaient autour de la carcasse sanglante du bébé chevreuil, n'osant pas encore y planter leurs petits crocs. Ils approchaient leur petit museau de la gueule de leurs parents qui régurgitaient de temps en temps la nourriture prédigérée, leur apprenant ainsi le goût du sang.

Le ruisseau reflétait les couleurs de l'aube. La meute, venue s'y désaltérer, se reposait non loin. Les loups apaisés se nettoyaient du sang et baillaient, allongés sur les primevères et les muguets, tandis que les jeunes gambadaient et cabriolaient entre les joncs, les iris jaunes et les reines des prés. Le chant des oiseaux montait des arbres. La nature respirait car les loups étaient repus ; mais pour peu de temps. La faim revenait vite et les bêtes restaient efflanquées. Les loups adoraient la viande, et ils étaient nombreux. Ils devaient souvent se contenter d'une pitance qui leur laissait le flanc creux.

La Fille humaine avait mangé sa part. Le sang séchait déjà sur ses joues. Elle aimait aussi les raisins secs dont elle avait fait provision à l'automne, mais évidemment il n'en restait plus. Il était encore trop tôt dans la saison pour les fruits rouges des églantiers et les baies noires des sureaux. Quant aux châtaignes et aux glands, il faudrait attendre le temps des feuilles qui tombent. Quelques œufs seraient les bienvenus. Ses frères loups en étaient friands. Ce serait sa participation au festin du jour. Elle seule savait grimper aux arbres, grâce à ses quatre membres agiles.

Un jour, elle avait enrobé ses pieds tendres de peaux de cerf, cherchant à imiter les créatures humaines qui lui ressemblaient et qu'elle observait de loin, quand une ou deux d'entre elles s'aventuraient sur son territoire. Jamais encore ces humains ne l'avaient pourchassée. S'étaient-ils aperçus de sa présence parmi les loups ? Elle le pensait. Mais ils étaient méfiants. Et la forêt était grande. Cela permettait à la meute de jouir d'une sécurité relative, et ce depuis des années. Ses frères loups, discrets, se déplaçaient furtivement, aidés par leur pelage qui se fondait dans le sous-bois. Elle ne s'inquiétait que pour Loup Noir, bien trop visible, même s'il était fier de sa couleur originale qui tranchait sur les fauves et bruns parfois mêlés de blanc des autres membres de la meute. Leur fourrure à tous était encore fournie, à la fin de cet hiver froid. Mais leurs poils commençaient à tomber.

Les hommes étaient attirés par le pelage exceptionnel des loups, fait de duvet dense et soyeux garni de longues jarres rudes. Certains humains s'aventuraient à l'occasion dans le sous-bois pour chasser le loup ; mais en général les hommes avaient peur et hésitaient à pénétrer profond dans la forêt sombre. Les loups attaquaient rarement les hommes pourtant ; ils dévoraient tout au plus, à l'occasion, un humain faible et isolé, égaré dans le bois.

Autrefois, il est vrai, du temps des guerres humaines, quand les envahisseurs hongrois de l'est, et les vikings du nord avaient pénétré le territoire des hommes, certains secteurs de la région s'étaient trouvés parsemés de cadavres sans sépulture, qui avaient développé chez une minorité de loups un goût pour la chair humaine. Ce fut une époque de grand désordre et de grand chaos. Les forêts s'étaient alors étendues ; elles avaient dévoré les routes.

Mais le temps avait passé, et le pays était redevenu paisible. Les hommes avaient quitté les châteaux où ils avaient autrefois trouvé refuge ; ils étaient redescendus dans les villages. Et les loups avaient retrouvé la tranquillité de leurs territoires et leurs mœurs ancestrales. Mais ils avaient acquis une réputation effrayante... Grâce à elle, la forêt immense demeurait depuis ce temps le domaine presque incontesté des meutes.

La Mère Louve reposait, paisible. Elle posait sur ses adorables louveteaux aux yeux bleus un regard doré impénétrable. L'un d'eux s'approcha pour téter. Ses petites dents étaient pointues. La Mère cria sous la douleur et le repoussa. Nullement découragé, il revint à la charge. Le malheureux fut alors impitoyablement mordu par les crocs maternels et alla se réfugier entre les jambes de la Fille accroupie qui mangeait du cresson dans le ruisseau.

Un vieux chêne trônait près du cours d'eau. La Fille s'en approcha et glissa l'un après l'autre les pieds dans les profondes crevasses de sa vieille écorce grise. Les muscles tendus sous la peau crasseuse et égratignée, elle s'éleva peu à peu dans les branches vers le nid de pigeons ramiers qu'elle avait repéré. Arrivée à la bonne hauteur, elle en retira délicatement les œufs qu'elle déposa un à un dans une bourse de cuir, et la fit ensuite pivoter sur son dos afin de les protéger dans la descente. La mère oiseau, furieuse, voletait autour d'elle, cherchant à lui attaquer les yeux.

Avec un petit gémissement, la Fille Loup déposa aux pieds de la Mère les cinq œufs tachetés puis s'élança, insouciante, pour jouer avec les petits, bientôt rejointe par les loups de la portée du printemps précédant. Tous se mirent à se pourchasser autour d'un arbre, puis dans la clairière naturelle, à se disputer un morceau de bois, à sauter dans l'eau à la poursuite des grenouilles ou des poissons, en ressortant le museau orné de cresson vert ou de lentilles d'eau. Les plus grands se tendaient tour à tour des embuscades. La Fille connaissait bien ces jeux auxquels les jeunes se livraient fréquemment. Ils dureraient même en hiver quand les petits auraient atteint leur taille adulte. Ces jeux les préparaient imperceptiblement à la chasse d'automne, quand ils commenceraient à accompagner la meute, et puis au grand Départ des jeunes loups dispersants, au moment de leur deuxième printemps.

La Fille chassait la plupart du temps avec eux, même si elle avait parfois du mal à suivre la meute. Mais à l'occasion, elle préférait chasser seule paisiblement, à son rythme, les pieds et le corps frileux et fragiles enveloppés des peaux de leurs proies. Elle s'était approchée peu à peu du village des hommes et les avait observés de loin. Elle les avait côtoyés au début sans qu'ils l'aperçoivent, car la Fille était aussi une louve ; et dans son intelligence de louve, elle savait comment éviter ou fuir l'homme. Les paysans ne voyaient que sa trace.

Peu à peu, cependant, les hommes avaient compris, deviné l'existence de cet être mi-humain, mi-animal. Et ils avaient accepté sa présence rôdant aux alentours du village, ses gémissements et ses plaintes de bête, parfois accroupie contre la loge de la recluse, d'autres fois adossée le long de la palissade de bois du nouveau monastère, attirée à chaque fois par la voix de la sainte femme ou les chants des moines. Les hommes s'étaient faits à elle et n'essayaient pas de la poursuivre. Elle s'était faite à eux. Rien de plus. Chacun maître sur son territoire, toléré sur le territoire de l'autre.

La Fille regarda sa famille et grimaça une espèce de sourire devant les deux louveteaux qui jappaient en position de jeu, puis mordillaient les oreilles des adultes ou la pointe noire de leurs queues qui se balançaient, s'acharnant encore plus devant leur patience. On sentait déjà poindre des personnalités différentes. Un jeune de l'année précédente, dressé sur ses pattes arrière, sautait pour attraper dans la gueule un iris jaune fraîchement éclos, friandise adorée des loups.

Bientôt ils quitteraient tous l'entassement de la tanière souterraine pour le gîte estival. Ils chasseraient le lièvre, les rongeurs, les oiseaux et, les jours glorieux, les marcassins ou les biches, sans dédaigner plus tard les fruits d'automne. Puis ce serait le saumon bien gras, si précieux et nécessaire avant les rigueurs de l'hiver. Et le temps passerait. Ils apprendraient à reconnaître et à marquer leur territoire face aux autres meutes. Et la Fille les suivrait, les retardant parfois dans leur chasse, leur venant aussi en aide à l'occasion pour les délivrer des pièges des hommes et de la nature. Ils continueraient ensemble leur survie, en bonne intelligence et en grande affection.

La Fille Loup poussa un soupir...

CHAPITRE 2
LA RECLUSE

Du fond de sa cellule, les doigts caressant les poils usés de la peau de loup posée sur la paillasse où elle était allongée, la recluse regardait poindre l'aube dans son espace limité de ciel. C'était une ouverture naturelle couronnée de mousses et de minuscules fougères étoilées dont le vert translucide resplendissait de lumière matinale.

– C'est un beau jour qui se lève, dit-elle, à haute voix.

Elle se parlait souvent à elle-même, une habitude acquise dans la solitude. Ce jour de mai sentait bon les fleurs nouvelles et rayonnait du chant des oiseaux matinaux. Une odeur bleue de jacinthes sauvages arrivait des bois avec la brise. La recluse était avide de leur couleur délicate, elle qui n'avait plus contemplé la nature depuis quatorze ans. Elle était comme une aveugle dont les autres sens étaient exacerbés par la privation.

Elle avait choisi de vivre dans l'ombre et l'isolement, après un vœu fait l'année de ses trente trois ans. Un choix sur lequel elle n'était jamais revenue. Elle avait demandé à être emmurée vivante. Elle se remémora ce jour de liesse paisible et recueillie où, sous les yeux des gens du village et du château, elle pénétra dans le reclusoir pour ne plus jamais en sortir. La porte fut scellée derrière elle.

Les villageois avaient construit sa cellule contre l'église du village, à la fois attenante à la partie nord du transept et adossée au flanc du coteau d'où jaillissait une source. L'eau coulait dans un bassin de pierre creusé à même la roche. La recluse bénéficiait donc du miracle quotidien de l'eau fraîche dans son ermitage, et aussi d'un coin de ciel qui lui apportait le réconfort spirituel et la chaleur physique du soleil sur sa peau.

Elle avait vite compris que le soleil était son allié, elle qui ne cherchait pas à raccourcir ses jours en mortifiant son corps, mais au contraire souhaitait vivre autant que le lui permettrait la Providence, pour pouvoir prier Dieu le plus longtemps possible. Elle était reconnaissante d'avoir entamé, en cet an de grâce 1122, sa quarante-septième année sur cette terre, et se demandait combien de temps encore elle serait là pour accueillir de ses chants l'aube et le crépuscule.

Ses cheveux étaient longs et blancs, bien peignés en une longue tresse, clairsemés avec l'âge. Elle avait abandonné le voile depuis son enfermement. Elle était mince, vêtue simplement d'une longue tunique de lin écru, qu'elle doublait de peau de mouton l'hiver. Elle soignait son aspect, par discipline.

Elle se souvenait avec embarras d'une période de désespoir où elle avait cessé de se laver, puis de se nourrir et de se lever. Les habitants du village, soucieux de leur recluse, étaient allés quérir au nouveau monastère cistercien Frère Tancrède, le propre frère de la sainte femme. Tous deux s'étaient entretenus longuement. Il était revenu la voir régulièrement, pendant des semaines, délaissant pour elle ses enluminures, ses copies de manuscrits et ses élèves. Ils avaient prié ensemble, chanté ensemble les louanges du Seigneur. Puis Frère Tancrède était reparti, la laissant à elle-même, de nouveau assez forte pour reprendre sa route de solitude contemplatrice et de prière.

La cellule était simple. Comme dans le monastère de son frère, aucune décoration ne venait troubler son recueillement. Seule, la lumière qui descendait de l'ouverture entre le plafond et la roche sur laquelle s'adossait la construction, symbolisait à ses yeux Dieu venu l'éclairer. Parfois, un rayon miraculeux intangible, chargé de poussières lumineuses venait déposer sur elle sa chaleur. Elle s'essayait par jeu à le saisir, un sourire d'illuminée sur les lèvres. Parfois, elle se mettait à rire bruyamment ; et puis son rire lui faisait peur, soudain. Alors elle s'arrêtait, pensive.

– Je deviens folle ! se disait-elle tout haut. Je suis folle de m'être fait enfermer ainsi, quand le monde est si beau et qu'il m'attend au dehors.

Elle revoyait les campagnes, les horizons, les couchers de soleil, les châteaux et les églises, les femmes aux vêtements chatoyants, les chevaliers sur leurs destriers, prêts pour le grand pèlerinage vers Jérusalem, les sourires des enfants...

– Non ! C'est ici ma place. Si je veux des couleurs, je n'ai qu'à regarder les vitraux rouges et bleus de l'église.

Ce matin-là, le cœur de la recluse se mit à battre. Un oiseau venait de pénétrer dans sa cellule par l'ouverture. Elle le reconnut. Il était déjà venu la veille, apparemment en reconnaissance. Et il revenait, chargé d'une brindille. Ils allaient partager la même demeure ! Le moineau se posa sur une excroissance du rocher. Elle décida de retarder son lever pour ne pas lui faire peur. Un espoir naissait en elle : un nid, des œufs... Bientôt, l'oiseau s'envola, puis revint quelques secondes après. Il s'agissait en fait d'un oiseau différent, la partenaire femelle. Les heures passèrent, et le nid se construisit peu à peu. La recluse se leva pour boire, et les oiseaux n'en ressentirent aucun effroi. Cette constatation lui plut.

Elle se rappela un autre nid, il y avait longtemps. Des oisillons naquirent. Ce fut sa plus grande joie, le meilleur souvenir de ses années de réclusion.

Une autre année, un couple de rouge queues noirs construisit son nid entre les pierres intérieures du mur de la façade. La femelle pondit des œufs, commença à les couver. Les deux parents s'absentèrent un jour pour ne jamais revenir. La recluse contempla le nid froid avec une terreur grandissante, qui vira à l'obsession au bout de quelques jours. Elle ne supportait plus la vue des brindilles qui pointaient entre les pierres. Un soir, à la tombée de la nuit, elle se mit à hurler. Elle hurla ainsi pendant des heures, suppliant qu'on descelle les pierres pour la faire sortir. Mais personne ne l'entendit crier. Ou bien les paysans se souvenaient des ordres qu'elle-même leur avait donnés le jour de la cérémonie de son enfermement : ne pas l'écouter et la laisser hurler jusqu'à ce qu'elle se remette. C'est peut-être ce qu'ils firent.

Après une nuit de terreur et de désespoir, elle prit des mesures radicales. Grimpant à pieds nus en s'accrochant aux interstices entre les pierres, elle alla déloger le nid froid et les œufs morts pour les jeter par la petite ouverture arrière qui lui servait à se débarrasser de ses déchets divers. Cela fait, elle se sentit soulagée et tourna la page.

Pendant des années, le mois de mai fut un mois difficile pour la recluse. Mai, c'étaient les couronnes de roses tressées que les jeunes avaient pris l'habitude de déposer sur la tête des statues de la Vierge à l'enfant aux premiers jours du mois, chaque rose symbolisant une prière. Mai, c'étaient les naissances dans la nature. Si l'on dédiait un jour un mois à Nostre Dame, elle était sûre que ce serait ce mois-là.

Trop de souvenirs assaillaient la recluse… Heureusement, elle avait réorienté sa vie. Elle avait choisi un chemin de prière et de pénitence et, comme Marie, une adhésion à Dieu et l'acceptation de son destin.

– Salut, pleine de grâce, le Seigneur est avec toi, répétait-elle, comme l'ange de l'Annonciation. Tu es bénie parmi les femmes et béni le fruit de ton sein, car tu as engendré le sauveur de nos âmes, ajoutait-elle, comme Marie, venue rendre visite à Elisabeth.

Pendant sa phase de désespoir, Frère Tancrède, le moine blanc au crane rasé qui assurait la direction spirituelle de sa sœur recluse quand elle en avait besoin, avait ajouté à sa prière une supplication, l'appel des pécheurs, où la recluse demandait à Nostre Dame d'intercéder auprès de Dieu : « Priez pour nous, pauvres pécheurs, maintenant et à l'heure de notre mort. »

Frère Tancrède lui parlait souvent de Marie. Les moines de son monastère qui, pour la plupart, ne connaissaient pas ou mal le latin, avaient pris l'habitude de réciter à la place des 150 Psaumes de l'office liturgique 150 Ave Maria. Il avait incité sa sœur à faire de même, comprenant que le psautier de la Vierge serait un baume pour ce cœur fermé qui avait vécu une tragédie et refusait de se confier, gardant en son sein un mystère douloureux.

– Bonjour, notre Dame, lança une villageoise, passant la tête à la fenêtre extérieure du reclusoir. Je vous apporte le repas ! C'est une soupe de carottes et de fèves, et j'y ai mis un bon morceau de mouton, ajouta-t-elle en souriant. Bon appétit et bonne journée !

La paysanne lui passa par la fenêtre une petite miche de pain de seigle et une écuelle de soupe que la recluse déposa sur la table, à côté du codex des Saintes Ecritures. L'eau lui venait à la bouche à la vue de la nourriture. Elle aimait sa dépendance aux autres, l'attente quotidienne de l'humble repas, sans savoir ni quand, ni s'il allait venir. Elle savourait cet abandon confiant à Dieu.

Par la fenêtre, ses compagnons les escargots rentraient l'un après l'autre comme chaque matin, repus de leur festin nocturne, pressés de rejoindre les interstices sombres dans le mur intérieur du reclusoir pour digérer et se reposer, à l'abri de la lumière desséchante du jour.

– Bonne nuit. Dormez bien, leur dit-elle.

La recluse subsistait de pain d'épeautre, de fèves, de lentilles et de pois en général, avec un morceau de viande de porc ou de mouton, ou un peu de volaille les jours de fête. À l'automne venu, on lui apportait des raisins, des pommes, des noix, puis des châtaignes. Au début, elle refusait les petits luxes alimentaires. Mais elle s'aperçut vite que pour faire durer la pénitence qu'elle s'imposait, il fallait qu'elle prenne soin de son corps, ou du moins qu'elle le traite de façon raisonnable. C'est donc ce qu'elle faisait. Pour la gloire de Dieu.

Les journées à l'ermitage étaient réglées par les prières, car elle avait choisi de vivre en communion avec le monastère cistercien, qui s'était installé il n'y avait pas si longtemps dans la forêt, à quelques lieues du village. Au début de son enfermement, bien avant le lever du jour, alors que les moines blancs quittaient leurs cellules pour le premier office des Vigiles, elle se levait pour la « lectio divina », lisant attentivement et méditant les Saintes Ecritures, en union de prière avec eux. De même, le soir, ils rejoignaient leur couche aussitôt après le dernier office de Complies, et elle retrouvait sa paillasse.

Puis, le temps avait passé. Une année, une grave maladie s'était abattue, qui avait paralysé le village. Les paysans affaiblis avaient déserté les offices pour soigner leurs malades, et on l'avait oubliée. Elle avait failli mourir de faim, elle qui pourtant subsistait de peu de choses. Son corps s'était beaucoup affaibli. Depuis, elle se ménageait car sa santé était fragilisée. De nocturnes, ses premières prières de la journée étaient devenues matinales.

La recluse aimait sa solitude, et la paix dérivée de son style de vie hors du commun mais pas unique, en cette période de ferveur où beaucoup d'hommes comme son frère, suivant Saint Benoît, choisissaient comme objectif unique de leur existence la recherche de Dieu.

– Bonne journée à toi, Recluse !

– Bonne journée à toi, pèlerin. Qu'est-ce qui t'amène dans notre village ? demanda-t-elle à l'inconnu vêtu d'une cape et appuyé sur un bâton qui se dressait en contre-jour devant sa fenêtre.

– Je viens demander ta bénédiction car j'entame un long voyage.

– Vers où chemines-tu ?

– Je vais sur le tombeau de Saint Jacques Matamore, en Galice.

Le pèlerin ainsi bienvenu se confia à elle. Elle avait peu à peu acquis une réputation de sagesse dans la région, qui lui valait de temps en temps la visite de groupes de pèlerins, d'un voyageur lointain, ou de quelque seigneur des environs, sans compter les confessions des gens du village, qui avaient totale confiance en leur recluse et l'amalgamaient parfois à la Vierge Marie.

C'est ainsi que, peu à peu, elle s'était affranchie de la routine régulière des prières pour servir ceux qui venaient la solliciter. Elle avait acquis assez de sagesse et de discipline personnelle pour se laisser aller à ses désirs de prière quand ils se faisaient sentir et quand les visiteurs lui en laissaient le temps, sans se sentir coupable si elle dérogeait aux horaires du monastère. Comme eux, mais à une échelle beaucoup plus humble, elle œuvrait à la progression du christianisme.

Les jours où la solitude lui pesait, elle se disait qu'elle aurait dû se joindre à un monastère de femmes. Mais il aurait fallu cohabiter avec des êtres dont l'histoire n'avait rien de commun avec la sienne. Il aurait aussi fallu se plier aux exigences des tâches manuelles requises par la règle bénédictine. Or, elle était douée pour les arts, la peinture ; elle aimait les activités du scriptorium, et adorait le jardinage. Donc, elle se méfiait de la vanité que ces activités engendrent. C'était après mûre réflexion et par esprit de sacrifice qu'elle avait volontairement renoncé au couvent pour une vie improductive, de pénitence totale.

Comme les moines cisterciens et leur maître spirituel Bernard de Clairvaux, elle avait une soif d'ascétisme, une inclination pour la solitude et la méditation. Elle aussi était en quête de perfection. Sans qu'elle le réalise, son humble existence reflétait l'idéal de pauvreté de son époque. Sa rude vie d'ermite reflétait l'héroïsme de son temps, qui avait mené tant d'hommes simples en pèlerinage malheureux à Jérusalem à l'appel du Pape Urbain II, et tant de chevaliers plus chanceux car mieux organisés, sous la conduite d'Etienne de Blois et Robert de Normandie, ou de Godefroy de Bouillon, jusqu'au Saint Sépulcre.

La recluse connaissait son péché. La miséricorde et la charité qu'elle devait à tout homme, elle se les devait aussi à elle-même. Elle travaillait donc depuis douze années à s'accepter telle qu'elle était, à accepter sa faute dans une démarche d'humilité et de travail intérieur. Elle espérait réussir à aimer Dieu par amour d'elle-même, et non plus seulement par amour de Lui.

Un jour peut-être, atteindrait-elle le dernier stade, celui d'aimer Dieu pour Dieu.

– Il faut être vide de soi pour ne plus s'aimer que pour Dieu, pour ne plus vouloir autre chose que Dieu, lui disait son frère. Pour cela, il y avait la persévérance et la pénitence, avec l'aide de la grâce divine.

La recluse lava l'écuelle à l'eau de la fontaine, puis alla s'agenouiller devant la fenêtre intérieure du reclusoir, en direction du Saint Sacrement. Elle se mit à méditer puis à adorer Dieu, le regard perdu dans les rouges sanglants des vitraux de la petite église, transpercés par les rayons du levant.

CHAPITRE 3
LOANN

Sous la futaie filtrait un jour vert printanier. Le jeune serf avançait d'un pas assuré, écrasant sous ses semelles de bois le tapis de jacinthes bleues, sans un regard pour elles, tels ces hommes habitués à vivre dans la nature. Le parfum était fort, pourtant, presque enivrant, après une journée chaude pour la saison. Il le remarqua. Il s'enfonçait dans la forêt, plein d'une énergie nouvelle, après un jour passé sans enthousiasme et sans grande ardeur à travailler sur la réserve du Seigneur. Au moins, les Pâques étaient finies ; de trois jours, la corvée était passée à deux.

Loann huma l'air humide, chargé d'odeurs de moisissures. Le sous-bois était son domaine de chasse. Les jours allongeaient en cette saison. Ses pas se firent plus lents, plus difficiles avec la densité accrue des broussailles et des ronces qui s'accrochaient à sa longue tunique. Il avançait droit vers le but, les yeux au sol. Ses braies gris-marron se fondaient parmi les écorces des troncs d'arbres, les bois morts pourrissants et les feuilles en voie de décomposition. Seul le vert des mousses apportait une note de couleur bienvenue au ras du sol dans le bois de plus en plus sombre.

Cela faisait plus d'une heure qu'il marchait. Peu de gens s'enfonçaient aussi profond que lui dans la forêt. Les troncs centenaires l'encerclaient. Ses yeux exercés remarquèrent soudain des empreintes... Son cœur se mit à battre. L'impatience du chasseur était doublée de l'excitation de l'interdit. Braconner sur les terres du Seigneur signifiait être pendu haut et court. Mais Loann était sûr de lui et n'avait aucune intention de se faire prendre. La vie était dure et sa mère avait bien besoin de gibier pour améliorer la maigre pitance quotidienne. C'étaient des lièvres, le plus souvent, qu'il trouvait prisonniers de ses collets. Une fois, extraordinairement, un marcassin. Un autre jour glorieux, un chevreuil. Ce jour-là, il avait trouvé les lacets vides.

Le paysan pressa le pas : un animal était pris au piège. C'était un lièvre. Il était raide et froid, mort depuis un certain temps déjà. Le garçon détacha soigneusement le collet et le réajusta dans l'espoir d'une nouvelle prise. Puis il saisit les deux longues oreilles d'une main, étira le corps de l'autre main et l'allongea sur les feuilles mortes. Il resta là, à genoux, pendant plusieurs secondes intenses, à caresser le poil de la bête d'une main, l'autre main posée sur la terre humide. Comme chaque fois, il prononça quelques mots à mi-voix, plein de recueillement, puis saisit l'animal, se releva, et reprit sa marche interrompue dans une nouvelle direction, sans hésiter.

Les chants d'oiseaux se faisaient entendre de plus en plus fort. Ils allaient se coucher. La nuit serait bientôt là. Mais cela l'inquiétait peu. Il était ici chez lui. La marche se poursuivit et la vérification des collets continua. Par deux fois, la chance ne fut pas au rendez-vous.

C'est alors que son œil exercé, habitué à la pénombre ambiante, distingua une forme au pied d'un arbre. Ce soir de printemps était bien un jour glorieux, pour finir. Il s'approcha, le cœur battant, car il avait reconnu la courbure d'un bébé chevreuil. Il s'agenouilla et se pencha sur l'animal mort trop jeune. Le petit faon avait encore son pelage tacheté.

Soudain, son sang se glaça : le collet était lâche ! Le fil n'avait pas pu étrangler l'animal ; et pourtant, la bête était bien morte... Loann se releva d'un bond, et tourna sur lui-même, tous les sens aux aguets. Soudain, c'était lui, l'animal piégé, rempli d'inquiétude car le danger planait... Il ne voyait rien, n'entendait rien, et pourtant il savait que quelqu'un était passé par là avant lui. Quelqu'un avait placé le chevreuil déjà mort dans le collet... Par instinct, il scruta le sol avant que la nuit ne l'absorbe. Il découvrit des traces. « C'est pas un chevreuil, ça !... », marmonna-t-il entre ses dents, inquiet. On aurait dit des pas humains, mais à demi effacés. La peur monta. Il hésitait : « Je prends l'animal ou je le laisse ? »

Le risque était grand. La tentation encore plus. Mais le goût du risque et du gain l'emportèrent. Il jeta un nouveau coup d'œil circulaire puis chargea la bête sur son épaule, remonta la cagoule de son chaperon sur la tête pour dissimuler ses traits et, oubliant de réajuster le piège, s'enfuit d'un pas rapide. Le lièvre attaché à la ceinture de cuir battait contre sa jambe.

Loann arriva à la masure à la nuit tombée. L'étoile du berger brillait dans le ciel. Il avait traversé la zone traîtresse des défrichages aux souches douloureuses, où il peinait depuis des mois à abattre les arbres avec les autres serfs du village. Il avait longé à distance respectable le nouveau monastère et son église de pierre, cadeau du Seigneur. Il avait entendu l'appel des cloches à la prière du soir et s'était retrouvé malgré lui immobile, les yeux fermés de plaisir, inondé par les chants des Complies qui s'élevaient du bâtiment de bois du monastère et montaient vers le ciel dans la paix du soir.

Plus loin, le jeune homme avait pris soin d'éviter le chemin où il aurait rencontré des villageois rentrant des champs ou du château. Toujours cagoulé malgré la douceur de l'air, il longeait maintenant le petit potager de sa mère où pointaient les jeunes gousses de fèves. Il avait honte de la peur qui l'avait pris aux entrailles et l'avait forcé à regarder par-dessus son épaule maintes fois pour vérifier qu'il n'était pas suivi. Il haïssait son état de servitude qui l'empêchait de se tenir droit et fier tels les hommes du château, cette condition serve qui l'obligeait à tricher, à obéir, à courber l'échine sous les corvées et les ordres, à envier les vêtements aux couleurs vives des Seigneurs. Il détestait surtout cet état qui parfois lui tordait le ventre de faim à la fin de l'hiver et donnait à sa mère cet air craintif et battu.

Elle aussi avait fait sa journée de corvée. Loann savait qu'il allait la trouver comme chaque soir, assise devant l'âtre, à humer la soupe de légumes qui mijotait et à réchauffer ses membres douloureux. La petite masure toute entière fumait. La fumée s'échappait par la cheminée mais aussi par les nombreux trous du toit de branchages et de chaumes, qu'il faudrait réparer et renforcer un jour, quand il en trouverait le temps.

La mère l'accueillit avec un sourire lumineux aux dents gâtées. Il était serf à cause d'elle... Elle était sa mère. Elle était étrangère à ce village. Elle venait de l'ouest. Petite, elle avait été vendue par son Seigneur au Seigneur de cette contrée. Son groupe d'origine n'avait pas survécu à la nostalgie de la mer et à un hiver de disette. Elle ne s'était jamais intégrée au village et avait donc toujours vécu en marginale, encore plus sale et misérable que les autres. Elle avait été mariée jeune, mais le père était mort lui aussi. De lui, elle parlait peu à Loann. Elle parlait peu, en général. Son fils ne comprenait pas quand elle s'amusait à parler le patois de son enfance. Leurs conversations étaient limitées, mais il savait, quand elle le regardait, que sa mère avait une passion pour lui. Et cela lui suffisait.

Beaucoup de jeunes, à son âge, avaient déjà fondé une famille. Lui, il était toujours là, insatisfait, mais pas impatient de quitter sa vie pour le sort peu enviable de père dont les enfants sont propriété du château. Dire que certains hommes libres du village avaient récemment fait le choix de la servitude ! Il est vrai que les avantages étaient grands, quand on avait la responsabilité d'une famille... Les terres défrichées offertes par le Seigneur, avec sa protection en cas de disette, étaient une tentation...

Un sourire abîmé éclaira le visage sale de sa mère. Fier, il lui présenta le butin du jour. Il ne partagea pas avec elle son inquiétude au sujet du chevreuil. À quoi bon ?

– Quelque chose t'inquiète, mon fils ? lui demanda-t-elle.

Il décida de feindre l'insouciance.

– Un jour, tu te feras prendre. Ça sera notre mort à tous les deux !

Après avoir dépiauté et vidé le lièvre à la lueur du feu, elle le jeta dans le chaudron de lentilles et tous deux contemplèrent la soupe fumante qui peu à peu se remettait à bouillir, leur remplissant les narines d'une odeur familière délectable et leur faisant réaliser l'intensité de leur faim. Mais il faisait bon attendre, quand on savait que le repas serait copieux.

La fatigue d'une longue journée se faisait sentir. Loann alla s'allonger sur le lit de bois couvert de paille et contempla la toiture percée, tout en repassant dans sa tête l'épisode inquiétant de la forêt. Ils avaient de la viande pour quelque temps. Peut-être serait-il plus prudent d'arrêter temporairement le braconnage. L'animal mort placé délibérément dans son piège ne lui disait rien de bon. Il était inutile de prendre plus de risques pour le moment. Il décida de remettre les sorties en forêt à plus tard. Le chevreuil allait faisander quelques jours dans la chaumière, puis il serait découpé, salé et séché.

La chaleur de la soupe qui se diffusait dans son corps et l'apaisement de son estomac lui permirent de sombrer lentement dans une douce quiétude. Il ferma les yeux, satisfait d'avoir pourvu aux besoins de sa famille, content d'habiter une masure à l'extérieur du village, qui lui permettait ces festins de temps en temps, sans que le fumet du repas à la viande alerte les villageois. Tout le monde braconnait de temps en temps. Mais on ne sait jamais… Quelque jaloux pouvait les dénoncer. Il y avait de bons cotés à être au ban du village.

S'il avait pu vendre les produits de son braconnage, la première chose qu'il se serait achetée aurait été un vêtement rouge. Il en avait assez de ses habits ternes, sans teinture. Il avait tellement envie de couleur. Il offrirait un vêtement bleu à sa mère, et ce serait sûrement le plus beau jour de sa vie. Bleu, rouge, comme les vitraux de la chapelle. Quelle beauté ! Une vision du paradis… Ses yeux se fermèrent et il sombra dans le monde des rêves.

CHAPITRE 4
AIDLINN

Les yeux plantés dans les étoiles, les bras en croix, le corps nu transpercé par le froid de l'eau, Aidlinn reposait sur la surface calme de l'étang. Depuis un long moment elle flottait, immobile. Elle avait perdu la notion du temps. Ses oreilles bourdonnaient dans le silence assourdissant de l'eau noire. Elle contemplait la profondeur du ciel nocturne et imaginait à quoi pouvaient ressembler les milliers de planètes dont elle pressentait l'existence. Elle se demandait si quelque part, une fille, comme elle, contemplait la terre de l'autre côté de l'univers et se posait la même question. Elle se demandait si elle n'aurait pas plus de choses en commun avec les habitants des autres mondes qu'avec les hommes de la Terre...

– Aidlinn veut dire éclat du soleil en grec, avait expliqué sa mère. C'est le nom que lui avait destiné la Magicienne, la Sorcière, l'Enchanteresse des marais. Morgen avait une prédilection pour les Grecs, ces hommes qui, pour la première fois dans l'histoire de l'humanité, avaient osé poser des questions.

Aidlinn aimait le jaune. Elle le choisissait souvent pour ses vêtements. C'était la couleur du soleil, son symbole, mais c'était surtout la couleur de l'iris d'eau, la couleur des nénuphars ronds qui jaillissent de l'eau comme des poings au bout de leurs longues tiges, la couleur de la pulicaire, petit soleil du mois d'août, la couleur de l'humble mais dangereuse renoncule, la couleur de bien des fleurs du marais sombre.

– Le Roy de France a choisi la fleur d'iris sur fond bleu. Moi, si j'avais un blason, je choisirais l'iris jaune sur fond noir.

Elle aimait le jaune car c'était la couleur des marginaux comme elle, des Juifs, des hérétiques ; et le noir aussi, par provocation, car c'était la couleur maléfique des ténèbres, du péché, du Diable.

Jusqu'à une époque récente, Aidlinn avait aimé être différente. Elle était différente, qu'elle l'aime ou non. Son domaine était le marécage. La jeune fille y vivait depuis ses sept ans avec sa mère l'Enchanteresse, pratiquement sans contact avec le monde extérieur, sans lien avec le monde des paysans, le monde du château fort, encore moins avec le monde menaçant du monastère qui s'était installé récemment dans une vallée isolée et semblait être là pour longtemps, dévoreur de bois, avide de terres, jetant depuis peu des regards concupiscents en direction des marécages.

L'Enchanteresse était son maître d'aussi loin qu'elle se souvienne, un professeur érudit et patient. Les cornettes voilées, que la petite s'inventait comme coiffures, faisaient écho aux cornes des diables des fascinants grimoires sur lesquels elles se penchaient à la lumière des bougies de cire ocre parfumée, dans la grotte qui leur servait de domicile. Aidlinn avait grandi parmi les fioles de potions et les pots d'onguents de la guérisseuse, jouant seule à faire des serpents de runes, pétrissant avec sa mère des poupées de cire ou d'argile qu'elle habillait de robes de couleurs vives cousues avec application. Enfant, elle avait appris à lire sur les cartes de carton colorées aux signes cabalistiques, à danser sur les incantations magiques. Elle avait contemplé sa propre métamorphose en jeune fille dans les lames de poignards et la boule de cristal.

Aidlinn avait aimé les longues marches dans la nature, au côté de la guérisseuse qui, inlassablement, répétait les noms des mousses et des champignons, la litanie des plantes et des fleurs.

– ... les nénuphars pour les ulcères et le refus de grossesse, la pulicaire pour la dysenterie, la renoncule et le muguet pour le poison,...

Morgen lui faisait maintenant réciter les formules complexes, combinant les ingrédients qui lui serviraient à elle aussi, un jour, pour la magie blanche et la magie noire. Et elle devenait de plus en plus impatiente devant cette fille imparfaite qui avait tant de mal à mémoriser le savoir du monde...

L'Enchanteresse n'était pas inconnue dans la seigneurie. Elle allait et venait, au gré des ans. Elle disparaissait de temps en temps. Elle s'était absentée à une époque. Elle avait longé la grande rivière Loire et cheminé le long de l'océan. Puis elle était revenue des années plus tard s'installer dans les marais avec Aidlinn quand celle-ci avait atteint sept ans.

– C'est là-bas, au pays de Breizh, que tu t'es éveillée au monde, avait-elle dit à sa fille.

Aidlinn se rappelait l'odeur du large, les rochers moussus d'algues vertes qui sentaient bon la marée. Ses premiers souvenirs étaient ceux de crabes surpris sous les algues noires à marée basse, qu'elle attrapait délicatement par la carapace entre le pouce et l'index. Elle s'acharnait sur les petits chapeaux pointus des patelles qu'elle essayait de décoller des rochers avec les ongles. Le vent soufflait souvent et poussait les nuages que la petite fille contemplait de son poste préféré, dos contre terre, jambes en l'air appuyées contre les vieilles pierres dressées couvertes de lichens aux franges d'or. Aidlinn avait questionné sa mère sur l'oiseau géant qui avait pondu en lignes droites ces grands œufs de pierre, plantés en terre au milieu des ajoncs jaunes si attirants, et si frustrants à cause des épines.

Un jour l'Enchanteresse l'avait menée dans la forêt de Brecheliant où Aidlinn avait tenté vainement d'enserrer de ses petits bras la maman de toutes les pierres, la plus grande, la pierre magique, qui dominait la campagne de ses soixante pieds et qu'on voyait de loin.

Quand la mère et la fille regagnèrent leur domaine des marais, personne n'osa déranger leur solitude. De mémoire d'homme, l'Enchanteresse avait toujours fait des allées et venues, revenant parfois seule, parfois en compagnie. Les paysans s'aventuraient rarement dans les marécages. Ils craignaient les fièvres que leur envoyait la sorcière. À l'occasion, l'un d'eux, mû par un espoir de guérison ou un désir de puissance, déçu par le prêtre du village ou peut-être hypnotisé par les démons de pierre qui l'observaient du haut des chapiteaux de l'église, s'aventurait au-delà des étangs et se risquait dans le domaine de la magicienne. Alors elle acceptait de l'aider, ou d'intercéder, mais à ses conditions à elle... Aidlinn était alors envoyée pour guider le serf ou le vilain à travers le dangereux labyrinthe d'eau stagnante, et l'assister pour passer les gués introuvables des Prés Maudits, jusqu'à la caverne. Là, elle l'abandonnait à sa mère...

Ces rencontres stimulaient la curiosité de la fille envers les humains de la seigneurie. Depuis son enfance, depuis toujours, les deux femmes vivaient en autarcie. Les seules âmes qu'elle côtoyait quotidiennement étaient les poules, les chèvres ou les moutons de leur élevage.

Toutefois, il y avait eu à intervalles réguliers des épisodes magiques dans sa jeunesse de recluse : deux fois par an, la mère et la fille partaient pour un voyage vers la grande ville. Ces expéditions étaient des souvenirs merveilleux, indescriptibles, tant les sens d'Aidlinn étaient submergés, agressés par la densité des stimulations de tous ordres.

À chaque fois, les deux femmes avaient marché pendant des jours, à l'abri des regards, longeant les forêts par leur lisière intérieure, dormant la nuit enroulées dans des couvertures de fourrure, mangeant lentement leurs provisions de fromages, d'œufs durs, de raisins secs et de baies collectées au gré des buissons. À l'occasion, elles chapardaient des épis de froment dans les champs, ou quelques fruits ou légumes de saison. Parfois elles trouvaient refuge dans l'antre d'une autre guérisseuse. Et Aidlinn, épuisée, s'endormait au son des voix de femmes qui s'entretenaient indéfiniment et échangeaient leurs secrets à la lueur des torches.

Puis la magicienne décidait qu'il n'était plus nécessaire de se cacher car la ville approchait. La mère et la fille se mettaient alors à marcher sur la route, devenue plus large et plus dense d'humains. Leur nombre et leur variété permettraient aux deux femmes de passer presque inaperçues. Aidlinn s'était peu à peu habituée à sa propre peur et à leur laideur, leur saleté, leur odeur. Puis sa curiosité était née pour ces hommes et ces femmes aux vêtements parfois ternes, parfois colorés, pour leurs ânes ou leurs destriers, leurs armes et leurs outils, leurs enfants hurlants ou rieurs, leurs accents...

Le but des voyages vers la grande ville était chaque fois de rencontrer des hommes en vue d'échanges. Aidlinn n'était pas encore totalement dans le secret de sa mère. Elle n'assistait pas toujours aux rencontres. Mais elle avait compris peu à peu que la magicienne quittait les marais avec des sachets d'herbes dans sa besace de cuir et s'en revenait avec d'autres sachets contenant d'autres poudres, d'autres herbes, d'autres champignons séchés. La jeune fille retrouvait ses marais avec apaisement, réalisant après coup que ces foules bigarrées, ces bruits et ces odeurs l'avaient épuisée. Elle en gardait cependant une nostalgie, qui la prenait parfois, et lui donnait envie de hurler. Alors, pour retrouver le calme intérieur, elle s'approchait des étangs. Sa tunique jaune glissait sur l'herbe fraîche, et ses pieds s'enfonçaient dans la vase gluante et froide...

– Je suis complètement glacée ! De quoi attraper la mort, si je n'étais pas immortelle ! se dit-elle soudain, réalisant qu'elle flottait sur l'étang depuis une éternité.

Il était temps de sortir du monde des eaux pour regagner celui de la terre. Aidlinn se retourna sur le ventre, esquissa quelques mouvements de bras qui lui ravivèrent les sangs et lui envoyèrent des picotements dans tout le corps. Elle parvint à se traîner sur la rive, insouciante des grenouilles effrayées qui plongeaient bruyamment autour d'elle et des aspics agiles qui, dérangés par cette agitation soudaine, se glissaient d'une ondulation rapide entre ses membres blancs.

Frissonnante, ses longs cheveux noirs collés par l'eau, elle marchait maintenant à pas rapides vers la caverne. Autour d'elle, grenouilles, crapauds et criquets avaient repris leur polyphonie interrompue et lançaient leurs chants vers les étoiles, tandis que les incantations de l'Enchanteresse, de plus en plus distinctes, montaient de la grotte dans la nuit.

CHAPITRE 5
LE SPECTRE

Onze coups de cloche lointains et sourds résonnent dans la nuit. Une forme blanchâtre s'élève au-dessus de l'étang, immatérielle, presque imperceptible, telle une fumée de chandelle à peine éteinte. Peu à peu, elle s'amplifie, se densifie, tout en demeurant intangible. Elle semble errer un moment, hésitante, au-dessus de l'eau, parmi les feux follets. Puis elle acquiert une forme humaine aux contours imprécis, qui se fige, en suspens...

Hypnotisé par l'eau noire, le spectre se penche sur la surface de l'étang qui se transforme en vaste miroir de son passé. Comme chaque nuit, sa vie se met à défiler devant lui en teintes grises. Il ne peut l'arrêter. Il ne peut s'y soustraire.

An de grâce 1096

Je revois – mais... s'agit-il bien de moi, ou s'agit-il d'un autre ? – je revois le voile léger de ma femme Aénor ondulant dans la brise matinale. Je revois sa main qui s'agite en signe d'adieu. Comme au ralenti, les chevaliers francs avancent sur leurs destriers, certains, bannière en main, « cruce signati », les habits marqués d'une croix. J'avance parmi eux. Je suis l'un d'entre eux. Et pourtant tout semble irréel...

Nous passons le pont levis. Nous laissons derrière nous le château fort et les visages connus. À notre suite, les pèlerins piétons du village, certains avec femme et enfants, les charrettes cahotantes remplies de vivres et d'armes se mettent en route. « Deus lo volt ! » L'excitation est grande, la tension est palpable, la peur de l'inconnu est présente, en ce grand jour de départ en pèlerinage pour Jérusalem, à l'appel du moine illuminé Pierre l'Ermite et de notre Pape Urbain II pour venir en aide à la terre Sainte.

Les Turcs ont interdit aux chrétiens l'accès au Saint Sépulcre, au tombeau du Christ. Des pèlerins ont été massacrés, dit-on. Est-ce vrai ? Ou s'est-il agi d'incidents occasionnels, regrettables mais rares ? se demande le chevalier Hélion. Le saura-on jamais ? Notre Saint Père le Pape profite de ces temps de paix pour rentabiliser les ardeurs guerrières des chevaliers devenus oisifs en les envoyant à la reconquête d'al-Andalus, et maintenant en Palestine. Ce n'est pas pécher que de verser le sang des infidèles...

Le spectre contemple, en spectateur immobile, le miroir noir de l'étang, le miroir noir de sa vie.

Je revois – mais... s'agit-il bien de moi, où s'agit-il d'un autre ? – je vois un groupe hétéroclite qui avance en procession lente par les chemins de France, à travers les forêts noires, à travers les campagnes grises. Je marche à pied pour économiser ma monture. D'autres pèlerins nous ont rejoints.

– C'est bientôt, la Palestine ? demande un enfant malingre assis en face de moi, sur une charrette.

Les plus jeunes ne résisteront pas au long voyage. Combien d'entre nous tomberont avant d'arriver ?...

Hélion a toujours eu des sentiments ambigus vis-à-vis de l'Église. En bon chevalier, il respecte son Seigneur et il craint Dieu. Il obéit au Pape. Mais il est fasciné par l'alchimie. Il a lu « Corpus Jabirianum », traduit en latin de Geber, Jâbir ibn Hayyân. Depuis, son corps, son esprit et son âme sont dévoués à la connaissance suprême. Il rêve du cuivre de Vénus, de l'or du soleil, de l'argent de la lune. Comme beaucoup, il cherche le Grand Œuvre, la Pierre philosophale censée lui permettre entre autres choses la projection qui transmute les métaux vils en or ou en argent. En bon alchimiste, il pose des questions, accorde la valeur suprême à son intelligence et cherche à s'élever dans la connaissance. Avec le temps, il s'oriente de plus en plus vers l'alchimie mystique et s'intéresse à l'éveil spirituel, à la transmutation de l'âme. Dieu n'est-il pas après tout l'alchimiste suprême ?

Beaucoup d'hommes partent en pèlerinage pour libérer le Saint Sépulcre. Certains aussi avec l'espoir de récompenses matérielles en Orient. Hélion part pour des raisons ambigües. Il souhaite, comme tous, le pardon de ses péchés, de son péché d'orgueil surtout. Mais paradoxalement, il part pour assouvir son désir de connaissance. Il marche dans l'espoir de rencontrer des alchimistes arabes dont il a entendu parler par les troubadours espagnols. Le grand voyage le mènera aux portes de la Mésopotamie, de Babylone, capitale ésotérique de l'alchimie, qui a autrefois mis en correspondance les métaux et les planètes ; Babylone l'admirable, la précieuse, aux couleurs d'azur et de pourpre. Il marche dans l'espoir de voir l'Égypte, mère du Dieu Ptah, de se rapprocher d'Alexandrie où a exercé Marie la Juive, la première femme alchimiste.

Le spectre contemple, immobile, le miroir noir de l'étang, le miroir noir de sa vie.

– Je revois – mais… s'agit-il bien de moi, ou s'agit-il d'un autre ? – je vois des croisés dans une église. Je me revois, épée au poing. Devant moi, hommes, femmes, enfants, terrifiés ou incrédules, impassibles ou résignés. Les cloches de Rouen sonnent le glas pour ses Juifs qui refusent le baptême. Ils n'auraient pas dû comploter pour détruire le Saint Sépulcre. Mais… est-ce donc bien vrai ? Ou n'est-ce qu'un mensonge ? Et leurs meurtres rituels de chrétiens pour répéter la crucifixion ? Ils n'auraient pas dû… Mais est-ce donc bien vrai ? Ou n'est-ce qu'un mensonge ? Et leur pratique de l'usure ? Punissons les assassins du Christ ! Autour de moi, les chevaliers s'activent. Les sabres s'abattent, les épées plongent. Le sang noir gicle, gicle encore. Je réalise soudain que ma main se fatigue. Je suis donc parmi les bourreaux !… Hommes, femmes, enfants… Nous n'épargnons personne. « Gzeirot Tatnav ». An de disgrâce 1096… Leurs cris se répercutent en écho à travers l'Europe, résonnent de Strasbourg à la vallée du Rhin, sur le passage des soldats du Christ…

– Je revois – mais… s'agit-il bien de moi, ou s'agit-il d'un autre ? – je vois des villes et des villages. Je vois des rivières grises. Je vois des montagnes blanches. Les hommes parlent des langues nouvelles. Nous atteignons des riches cités marchandes. Puis je découvre Rome, ses maisons neuves, ses ruines d'un empire défunt. Nous traversons l'Italie, à la suite d'Etienne de Blois et de Robert de Normandie... Nous marchons vers la Vraie Croix, nous marchons vers le calvaire, nous marchons vers le Saint-Sépulcre. Nous sommes affamés, épuisés. Des hommes, des femmes tombent. Ils ne se relèveront pas.

Je revois – mais... s'agit-il bien de moi, ou s'agit-il d'un autre ? – je vois des bateaux aux grandes voiles blanches qui se balancent sur une mer grise... Et nous marchons encore... Beaucoup de chevaux sont morts... Nous marchons... Tant de méfaits accomplis par certains en chemin... Nous marchons...

An de grâce 1098

Le long siège d'Antioche commence... Je revois – mais... s'agit-il bien de moi, ou s'agit-il d'un autre ? – je vois sur fond gris une armée de misère, des milliers de Francs mourant de faim devant les remparts d'Antioche. Les fiers combattants du « roi » normand Tafur se saisissent d'ennemis Turcs et les grillent à la broche. L'odeur de chair humaine écœure et délecte les soldats du Christ affamés. Nous communions dans l'horreur en mangeant les corps des Infidèles.

Minuit sonne dans le lointain. Le spectre se dissout dans la nuit...

LIVRE 2

TOURMENT

CHAPITRE 1
LA FILLE LOUP

La Fille Loup avait quitté momentanément la meute. Les loups n'étaient pas allés chasser cette nuit-là. Ils étaient tous dans la tanière et elle s'y sentait à l'étroit.

Elle avançait à quatre pattes sur le tapis humide et spongieux de la forêt. Elle savait qu'elle n'avait pas la grâce des loups mais elle aimait ce déplacement devenu instinctif. La futaie se fit moins dense. Puis ce fut la zone douloureuse, le territoire abîmé par les hommes, où elle devait être attentive à ne pas s'écorcher les pattes sur les échardes de bois et les souches torturées des arbres.

À l'approche du village, instinctivement, elle se redressa pour ressembler à ses frères humains. Il était encore très tôt. C'est à peine si elle devinait les premières lueurs de l'aube. Elle ne rencontrerait probablement personne, mais elle était prudente. Elle savait le danger que les hommes représentent. Plusieurs fois, elle avait eu la fierté de délivrer des membres de la meute de leurs pièges dont elle seule avait percé le secret.

Elle gardait un souvenir vif et précis du jour où elle avait sauvé sa Première Mère, la louve à la queue coupée. Elle avait grimpé à l'arbre, puis sectionné la corde qui retenait la bête prisonnière, suspendue par la patte, tête en bas, paniquée et épuisée. En effet, la Fille avait trouvé un jour un couteau tombé de la ceinture d'un paysan. Sa lame, telle une énorme dent, remplaçait les crocs de carnivore qui lui manquaient cruellement dans sa vie sauvage. Au gré de sa volonté, la dent invincible se transformait en énorme griffe. Grâce à cette arme, elle avait acquis le respect de la meute, qui lui avait manqué jusque-là.

Elle se sentait depuis presque invulnérable pendant les chasses. Elle avait peu à peu pris confiance en elle et s'était approchée plus volontiers du village la nuit, seule, pour prendre chez les hommes ce qui lui permettrait d'acquérir encore plus de force, une utilité pour la chasse, une influence au sein de la meute, ou encore une protection lors des grands froids de l'hiver. Elle avait maintenant une ceinture de cuir épais, d'où pendaient le couteau et des cordelettes, et une petite bourse qui contenait un lance-pierre. On apercevait sous la peau de chevreuil tannée sa taille adolescente enveloppée d'une tunique écrue sale.

Sa Première Mère lui manquait aujourd'hui. Elle n'arrivait pas à déterminer si ses frères et sœurs, les descendants de la Louve, étaient aussi nostalgiques qu'elle.

– Mère, disait-elle en s'adressant en pensée à la Louve morte, il me semble que les loups ne pensent qu'au présent, au mieux à la chasse d'hier et à la chasse de demain. Se souviennent-ils seulement de toi ? Notre Nouvelle Mère est ta fille mais je me demande si tu lui manques parfois. Et moi, je ne sais pas moduler les gémissements et les grognements pour lui parler de toi.

Des sillons humides apparurent le long de son visage crasseux. De la main, elle toucha ses larmes, avec son étonnement habituel devant ce phénomène rare chez elle et jamais observé chez ses frères loups. Elle n'était pas vraiment capable d'en déterminer la cause mais réalisait toutefois instinctivement que l'eau coulait de ses yeux chaque fois qu'elle décidait de s'approcher de la tanière de la recluse où se trouvait la dépouille de sa Mère, la Première Louve.

L'église du village se dressait près d'une élévation rocheuse, rattachée à elle par une petite construction en pierre faite par les paysans, où logeait la recluse. La Fille l'abordait chaque fois par l'arrière, attentive qu'elle était à éviter d'être vue depuis le village des hommes.

Ce chemin, elle l'avait parcouru pour la première fois dans sa jeune enfance, avec sa Mère Louve, du temps où le courageux animal, dans sa grande patience de loup, s'occupait seule, et uniquement, de sa fille humaine si fragile et vulnérable, qu'elle avait tant de mal à élever, mais pour qui elle s'était prise d'une grande affection.

La louve, qui craignait les hommes, allait pourtant de temps en temps derrière l'église du village pour s'asseoir sous la fenêtre d'une femelle humaine qui, elle aussi, vivait dans une sorte de tanière, mais sans jamais en sortir.

La Fille Loup se souvenait de la pierre rugueuse et froide du mur contre son dos, de la douce chaleur de sa Mère Loup contre son flanc, et de l'odeur de la femelle humaine. Et soudain, à chaque fois, un chant montait de la tanière humaine et s'élevait dans la nuit matinale. Un enchantement qui laissait toujours la fillette émerveillée et la Mère Louve perplexe. La recluse chantait matines d'une voix grave et simple, imparfaite et juste. La louve et l'enfant passaient un moment au pied de la fenêtre, bercées par les sons, sans jamais rentrer en contact direct avec l'humaine.

Les chants finis, la petite, avec une mimique attendrissante, plongeait ses étranges yeux marron dans les yeux d'or de sa mère et gémissait plaintivement. Alors la louve, attendrie, cédait comme toutes les fois :

– Allez, grimpe sur mon dos, grognait-elle à son enfant. Et toutes deux repartaient vers la forêt, la fillette fatiguée et refroidie à califourchon sur le dos tout chaud de la louve qui trouvait son éternel bébé sans poils adorable et fatigant, car de plus en plus lourd.

La jeune fille était attendrie à l'évocation du souvenir de ses jeunes bras autour du cou maternel, et de la chaleur de la fourrure contre sa joue.

– Mère, me voilà, gémit-elle dans sa langue de loup, en s'approchant de la petite fenêtre qui permettait de humer les odeurs émanant de la demeure de la recluse.

Mais l'odeur de la Louve était devenue depuis longtemps imperceptible à l'odorat humain de la Fille Loup. La peau de sa Mère ne sentait plus le loup, dominée par l'odeur de la recluse qui s'en servait de couche depuis des années maintenant.

La Fille Loup, déçue une fois de plus, et en colère contre elle-même de s'être encore une fois accrochée à cet espoir olfactif absurde, se laissa glisser le long du mur irrégulier, le dos contre la pierre froide, et se retrouva assise contre la terre, la main tâtonnant le sol à la recherche de la patte tiède et douce de la Mère Louve comme dans ses souvenirs lointains.

La recluse ne chantait plus matines dans la nuit depuis longtemps car elle se levait tard maintenant. Elle aussi devenait vieille, même si la vieillesse humaine arrivait plus tardivement que la vieillesse des loups. La Fille l'avait peu à peu compris, elle-même grandissant si lentement par rapport à ses frères de la meute, dont elle assistait chaque année aux départs à la recherche d'un nouveau territoire. La vieillesse de la femelle humaine avait commencé l'année du long hiver, quand une épidémie s'était abattue sur le village...

Cet hiver-là, le clan des loups aussi avait souffert. La Première Mère était morte une nuit. La meute avait mal dormi, énervée par les vibrations de la mort. Au petit matin, la Nouvelle Mère avait tiré de ses solides mâchoires la morte hors de la tanière. La Fille l'avait suivie, son couteau récemment trouvé à la main. Les larmes coulant pour la première fois le long de son visage d'enfant, elle avait découpé avec détermination la peau de sa mère, comme elle l'avait vu faire de loin par les humains, et comme elle le faisait pour s'entraîner depuis quelque temps sur les dépouilles d'animaux pas trop endommagées par les griffes et crocs des loups pendant la chasse.

Arracher la peau de ce corps bien aimé avait été un déchirement, et en même temps un apaisement. Elle la tanna avec application, et à partir de ce jour-là, s'en servit de couche dans la tanière, à la surprise des siens. Il lui resterait au moins quelque chose de la Première Louve, que tout le monde, à part elle, semblait pressé d'oublier, et tout particulièrement sa Fille Dominante de la portée de deux printemps précédents. Cette dernière n'avait vécu que pour le moment de la prise de pouvoir.

En effet, la vieille Mère Loup avait perdu sa force depuis quelque temps déjà. Mais, de façon inattendue, elle avait été secondée par sa Fille humaine qui, de nourrisson vulnérable pendant des années qui avaient semblé interminables, s'était transformée en aide inattendue, puis en alliée contre plusieurs jeunes femelles à forte personnalité que la Mère Louve avait enfantées, lorsqu'elle avait retrouvé un mâle.

Les jeunes louves dispersantes avaient fini par partir, l'une après l'autre, surprises par l'acharnement dominateur du couple inattendu formé par la Vieille Louve et sa Fille humaine qui la défendait dans sa faiblesse croissante et la soutenait de façon si peu naturelle. Ce jour-là, le tour de la Nouvelle Mère était enfin arrivé.

Pendant cet hiver-là, tristement mémorable, le froid avait été plus perçant que de coutume. La neige recouvrait les champs depuis des jours. Une nuit, très tôt avant l'aube, la fillette nouvellement orpheline s'était aventurée, elle n'aurait trop su dire pour quelle raison ou par quel instinct, vers l'église du village. C'était la première fois qu'elle s'y rendait seule, depuis la mort de la vieille louve, et en hiver de surcroît, une entreprise risquée à cause des traces visibles dans la neige.

Désespérée sans le réaliser consciemment, elle s'était mise à gémir sous la fenêtre de la recluse. La Mère Louve morte lui manquait trop. Or, ce matin-là, la recluse ne chantait pas… Le temps passait et la fille, frigorifiée et impatiente d'entendre la chanson en l'honneur de sa

Mère, commençait à sentir la panique l'envahir devant ce silence pesant.

Voyant le jour dangereux poindre, elle se dressa avec effort sur ses deux jambes en s'agrippant aux barreaux de la fenêtre, et réalisa alors que la femelle humaine était étendue, grelottante et faible, sur sa litière de paille. L'intérieur de la tanière humaine sentait la faim et la mort. Personne ne lui avait apporté sa nourriture quotidienne. Elle avait été abandonnée. Paniquée, la Fille Loup s'élança en courant vers la forêt, oublieuse des précautions de sécurité élémentaires.

Elle se retrouva de nouveau sous la fenêtre du reclusoir, deux heures plus tard, chargée de la peau de sa Mère Loup, d'une grosse bourse remplie de raisins secs qu'elle se gardait en réserve pour les jours de faim, et d'un morceau de viande gelée, vestige de la chasse précédente. Elle hésita, timide et inquiète, puis jeta le tout enroulé dans la peau au milieu de la tanière humaine, sans toutefois chercher à nouer un contact plus direct avec une ennemie des loups. La Fille grogna, sans résultat. Alors elle se résolut à hurler pour réveiller la recluse.

Détectant enfin un mouvement dans la pièce, elle glissa un regard furtif vers la femme qui se levait péniblement pour aller chercher ce cadeau inattendu. Sans attendre ni reconnaissance ni remerciement, elle se laissa glisser à terre et, à quatre pattes, s'enfonça de nouveau dans le sous-bois.

Ces souvenirs, la Fille Loup se les remémorait chaque fois qu'elle venait voir, ou plutôt entendre la recluse, aux anniversaires instinctifs de la mort de sa Mère. Elle faisait aussi une visite quand la meute diminuait de taille, au moment du départ des jeunes loups. Tous s'en allaient fonder une famille, sauf elle, qui restait toujours là.

La femelle humaine avait survécu au froid, cette année encore. Chanterait-elle, en ce matin de renouveau de la nature ?

CHAPITRE 2
LA RECLUSE

Une odeur animale pénétra par la petite fenêtre ouverte à tous les vents, remplit peu à peu la cellule et tira la recluse de son sommeil léger.

– La fille sauvage est là ! se dit-elle. Son cœur se mit à battre, rempli comme chaque fois d'allégresse. Mais elle resta couchée, choisissant de savourer ces instants précieux. Rarement mais régulièrement, plusieurs fois par an, la recluse recevait la visite de la Fille Loup dans la nuit. C'était une visite discrète. La petite était toujours restée craintive et ne s'était jamais vraiment montrée. Elle se contentait de rester assise ou accroupie contre le mur sous la fenêtre extérieure du reclusoir. La vieille femme respirait son odeur avec fascination. Elle savait pourquoi la fille était là, et elle se préparait mentalement à ce moment de communion avec elle.

La recluse se dressa de sa couche et resta un moment en position assise, un peu étourdie comme à chaque lever. Elle glissa les pieds dans ses sabots doublés de semelles de peau de mouton qui absorberaient bientôt la chaleur de son corps et elle attendit calmement que l'équilibre interne revienne, les deux mains posées sur la peau de loup usée qui recouvrait sa paillasse. Puis elle décortiqua avec application une châtaigne et la mangea lentement, accompagnée de quelques raisins secs, qui lui servaient de repas matinal.

Le goût sucré des fruits la renvoya immédiatement à une nuit d'hiver, il y avait bien longtemps, où la petite l'avait ramenée à la vie. La recluse aimait la dimension symbolique de ces grains : elle devait sa vie aux vignes du Seigneur et à cette petite qui avait porté les raisins jusqu'à elle. Depuis cette nuit inoubliable d'agonie et de résurrection, elle se considérait liée irrémédiablement à cette enfant sauvage qui l'avait nourrie et aussi réchauffée, alors qu'elle était déjà prise par le froid de la Mort. La petite lui avait jeté la peau de sa mère loup. Ce geste avait dû lui coûter, elle en était sûre.

La recluse ne saurait probablement jamais la raison de ce triangle étonnant fait d'une femme, d'une louve et d'une enfant sauvage. Et c'était bien ainsi. Ce renoncement à savoir, ce détachement confiant en Dieu, étaient nécessaires et faisaient partie de sa pénitence. Depuis cet épisode, elle avait vieilli et mûri. Elle n'avait plus besoin de savoir maintenant. La curiosité n'était plus son maître. La louve avait choisi de lui amener l'enfant pendant des années... Ce beau geste la remplissait d'une joie saine et paisible. Cela suffisait.

La recluse se leva et se dirigea vers la fenêtre. Concentrée, elle s'éclaircit la gorge et, après avoir rempli plusieurs fois ses poumons d'air frais parfumé de senteurs de terre humide, de sous-bois et de loup, elle entonna les chants des matines.

Sa voix s'éleva, juste et fragile, interrompant dans leurs ébats les créatures nocturnes surprises et intriguées, inondant de beauté sacrée le cœur assoiffé de la fille loup sous la fenêtre. La recluse chanta ainsi pendant de longues minutes, s'interrompant pour respirer entre les phrases, en union avec sa fille sauvage dont elle percevait la fascination immobile. Les yeux fermés, la femme se dégagea de son corps terrestre et devint sa propre voix, s'envolant dans l'air froid, portée par ses propres notes, virevoltant, montant et descendant dans l'air nocturne au gré de la mélodie, telle un ruban, libérée de la pesanteur et volant dans le vent de la musique. Elle s'élevait au-dessus de son reclusoir, dépassait le clocher de l'église, planait au-dessus du village encore endormi, traversée par le vol irrégulier des chauves souris, pénétrée par les volutes de fumée des chaumières,... quand tout à coup, elle fut rejointe dans l'espace par un hurlement de bête qui monta de la terre.

Elle s'interrompit d'instinct un instant, surprise, mais se ressaisit aussitôt et reprit son chant, horrifiée d'avoir pu offenser la petite, espérant de tout cœur que celle-ci n'avait pas perçu la dissonance, l'abîme entre elles, la distance infranchissable entre le monde de l'animal et celui de l'homme. La recluse se sentait retomber, de nouveau happée par la terre et le reclusoir. Elle fit un effort de volonté et de concentration pour reprendre son envol sur les notes, et s'élancer à la poursuite de la voix de son enfant loup qui, elle aussi prise d'un doute, semblait hésiter à chanter maintenant. Toutes deux se rejoignirent enfin, au-delà de la dissonance, et les deux voix, libérées des conventions harmoniques, s'élevèrent ensemble pour la première fois, en volutes sonores tourbillonnantes, planèrent au-dessus du village, se mêlant aux rêves étonnés des hommes. Elles montèrent encore plus haut, dominant les forêts sombres, les étangs argentés et les marécages, et s'élevèrent jusqu'à la lune.

Les deux voix redescendirent paisiblement, telles des rubans abandonnés par la brise, et regagnèrent leur corps terrestre.

– Merci, mon Dieu, pour ce cadeau immense et inespéré, pour cette communion unique par la voix avec ma fille sauvage. La recluse tomba à genoux pour rendre grâce. Puis elle se releva et entonna une chanson gaie et optimiste, apprise des trouvères de sa jeunesse. Elle avait senti une angoisse dans la voix de la Fille Loup. Elle devinait que cette petite avait de plus en plus envie de la compagnie des hommes.

– C'est une adulte maintenant, même si je continue à la voir comme une enfant. Pour la première fois, elle a cherché le contact. Elle entre dans une phase de malaise. De grandes douleurs s'en suivront sûrement pour elle.

Quel âge avait-elle, cette enfant sauvage ? Quinze ans, peut-être ? Par quel tragique hasard était-elle devenue membre du clan des loups ? La recluse avait imaginé tant d'histoires, tant de possibilités à son sujet, pour en revenir chaque fois à sa version préférée, son espoir depuis le premier jour et quelque part au fond d'elle-même sa conviction : la petite était sa fille !...

La recluse se mit à lui parler, comme elle le faisait à chaque visite. D'une voix douce. La fille ne comprenait pas le sens des mots mais les mots importaient peu. Elle comprenait l'intonation, elle comprenait l'amour. La recluse lui parlait de son enfance. Elle lui contait son ivresse à dévaler la pente du château à toute vitesse au risque de glisser sur les pierres, sa redécouverte de la forêt au printemps, ses promenades dans les vergers de pommiers en fleurs puis en fruits rouges, sa fascination pour le ruisseau des Dames et le lavoir où elle allait à la pêche aux têtards et aux grenouilles avec son grand frère, les bouquets d'iris jaunes et d'orchidées sauvages des étangs qu'ils rapportaient à leur mère... Les étangs des Prés Maudits...

Son souvenir vagabonda un peu trop loin. Sa voix se cassa. Sa main tremblante se porta à son ventre et ses doigts glissèrent à travers les tissus écrus le long de la cicatrice horizontale, blanchie par les années. Une cicatrice qui faisait écho à celle de son cœur, elle aussi peu à peu atténuée, usée par les ans de désespoir et d'enfermement mental, suivis d'années d'enfermement physique choisi.

C'était pour se punir d'avoir été trop attirée par la nature, d'avoir voulu la vie à tout prix, c'était pour expier qu'elle s'était retirée dans l'ombre et avait demandé la construction de ce mur autour d'elle. Ce noir de l'enfermement devait permettre un recentrement sur Dieu, en se consacrant uniquement à lui à toute heure, en vivant une vie de prières et de sacrifices pour le salut de l'âme de son enfant. Où qu'il soit. Vivant ou mort. C'était une vie exigeante, et elle avait demandé humblement l'aide de Dieu. Il la lui avait finalement accordée.

Dans sa jeunesse, son père les avait menés, son frère et elle, en pèlerinage au reclusoir de Florence la Phrygienne. Tancrède et elle avaient été très impressionnés quand les moines du prieuré avaient évoqué devant eux la vie de prière, de jeûne et de veille de la jeune sainte. Celle-ci n'avait survécu que sept ans au régime sévère de sa réclusion.

Une fois sa nouvelle condition de vie choisie, la recluse, elle, avait décidé qu'elle s'efforcerait de vivre longtemps, pour pouvoir prier aussi longtemps que possible. Elle s'était avouée plus tard que c'était aussi avec l'espoir secret de retrouver son enfant.

Mais depuis, elle avait dépassé ce stade et vivait paisiblement et simplement sa vie d'ermite. Le silence, la solitude, les jeûnes et pénitences raisonnables toutefois avaient renforcé son recueillement. Sa prière était devenue authentique et fructueuse. Elle s'était réconciliée avec Dieu, s'était unie à Lui, et avait donc appris à aimer toutes ses créatures. Reconnaissant qu'elle était, elle aussi, une de ses créatures, pécheresse mais néanmoins aimée de Dieu, elle s'était peu à peu réconciliée avec elle-même ; elle avait réussi à se pardonner.

Ce fut une libération qui lui permit de prier avec une nouvelle profondeur, sans autre désir que l'intercession pour toutes les fragiles créatures terrestres, vivantes et mortes, y compris son enfant, mais pas plus pour lui que pour une autre. « Je suis, en quelque sorte, devenue la mère de tous », se disait-elle. Et tous l'avaient compris. On passait la voir, en chemin pour Saint Jacques, ou plus humblement en chemin vers le marché ou au retour des champs.

Pendant longtemps, elle s'était torturée de ne pas savoir si son bébé était un garçon ou une fille. Jusqu'à une fameuse nuit où une louve, qui rodait parfois aux alentours de l'église, était venue déposer pour un moment au pied de sa fenêtre une petite fille. Cette nuit-là, la recluse avait instinctivement décidé que cette petite était sa fille. Elle avait donné un nom à la fillette : Zahira – un nom de lumière pour cette petite de la nuit, le nom que son mari avait choisi pour leur enfant, au cas où ce serait une fille.

Zahira avait grandi. Une nuit, elle était venue seule. La recluse avait pleuré avec elle la mort de la Louve. Zahira, sa fille sauvage, voulait maintenant rejoindre les hommes. La recluse se pencha discrètement à la fenêtre et regarda la fille aux longs cheveux noirs ébouriffés, aux mains sales, aux grognements incompréhensibles. Pour la première fois, la fille soutint son regard. L'aube était là. Elles allaient se quitter maintenant.

La recluse adressa à Dieu une prière pour aider l'enfant dans sa quête identitaire, qui ne pourrait probablement pas réussir. Elle demanda à Marie de la réconforter quand l'échec serait là.

– Holà ! Es-tu levée ?

La voix forte et familière de Tancrède qui résonnait dans l'église la tira de ses prières. Elle avait passé plusieurs heures en intercession et, sans qu'elle le réalise, le jour s'était levé et la baignait d'une douce chaleur, plein de promesses de joie pour les villageois qui étaient en pleine préparation de la fête de Mai. Elle se retourna vers son frère qui pointait la tête par l'hagioscope, sa petite fenêtre connectée directement à l'église, qui lui permettait de voir le Saint Sacrement à toute heure, et de suivre les offices.

– Je vais t'envoyer bientôt deux filles du village qui auront bien besoin de tes conseils ! Nous les avons prises hier soir à chaparder des fleurs dans le verger du monastère pour leurs couronnes de Mai.

Frère Tancrède comprit immédiatement que la fille loup était venue cette nuit. Il sourit à sa sœur, qui respirait la paix et le bonheur. Que de chemin avait été parcouru…

CHAPITRE 3
LOANN

Oisif sur le seuil de la masure, Loann leva la tête vers le soleil matinal et sourit au ciel qui serait clément pour les jours à venir. La direction du vent et la configuration des nuages permettraient une fête de Mai mieux réussie que celle de l'année précédente. Le jeune homme fit une courte prière pour demander aussi un succès personnel à la fête. Mais de cela, il était moins sûr que du ciel glorieux.

Il tourna la tête et son regard plongea dans l'intérieur sombre de la chaumière.

– Tu devrais venir filer la laine dehors, dit-il à sa mère. C'est tout de même plus agréable de travailler au soleil ! Aussitôt il alla s'emparer du panier de laine et la força à se lever. Il empoigna de l'autre main la solide chaise au dossier bas qu'il avait fabriquée, et elle le suivit docilement en claudiquant, reliée à son fils par le fil de laine écrue qui pendait de la quenouille et trouvait sa source dans le panier de ronces tressées. Elle lui sourit, reconnaissante de ses soins et admirative de ce beau jeune homme de seize ans. Ils ne se parlaient pas beaucoup. Elle n'avait jamais été bien bavarde. Elle n'avait jamais vraiment osé lui parler. Mais ils se comprenaient et ils étaient proches à leur façon.

– Allez, ne traîne pas ! Les moines ne t'ont pas donné congé de défrichement pour que tu lambines. La fête ne va pas se préparer toute seule !

Loann se dirigea vers le village où l'équipe masculine déléguée aux préparatifs était déjà en plein travail. Les fêtes provoquaient immanquablement l'effervescence au village et dans les alentours. Il y avait eu les Pâques il n'y avait pas si longtemps, d'autant plus attendues qu'elles succédaient au carême. Tous les gens, lassés du poisson de rivière, avaient accueilli avec allégresse la viande ; et les œufs accumulés s'étaient transformées en orgie de crèmes, de flans et de gâteaux aux fruits secs et aux épices. En juin, il y aurait le grand feu de la Saint Jean pour fêter le jour le plus long de l'année. Quant au Mai, c'était la fête des parfums, des couleurs, de la nature en fleurs. Elle était tout particulièrement chère au cœur de Loann. C'était le renouveau, l'espoir d'un nouveau commencement.

Sa bonne humeur ne dura pas. Déjà se posait sur lui le regard de pitié mêlé de subtil mépris du prêtre du village. Un mépris que Loann ressentait souvent aussi chez ses compagnons, chaque fois qu'il devait travailler en équipe. Pour cela, il préférait de loin la tâche solitaire de laboureur ou de bûcheron. Même à l'intérieur du village il y avait une hiérarchie. Il savait depuis sa naissance que les serfs se trouvaient au bas de l'échelle. Et lui-même était au plus bas de l'échelle des serfs.

La famille de sa mère avait été vendue et déplacée. Il n'était même pas sûr d'où elle venait exactement. De son père, il ne savait rien. Il ne se souvenait pas de lui. Quelle importance, d'ailleurs ! Au mieux, il avait été un de ces paysans bornés du pays, abruti par le travail et la misère.

Seule sa mère trouvait vaguement grâce à ses yeux, car elle venait de cette terre lointaine qui s'abreuve à la mer immense, la mer bleue ou verte comme les habits des riches, la mer qu'il ne pouvait qu'imaginer car sa servitude l'emprisonnait ici. Il allait parfois près du grand étang et cachait de ses mains l'autre rive et les arbres de l'horizon dans l'espoir de voir surgir devant lui la mer. Mais le miracle de la mer ne se produisait jamais. L'étang demeurait noir ou gris, sans espoir. Et il s'en retournait, déçu et insatisfait, impatient d'eau couleur d'azur, de voyages, enviant les croisés partis en pèlerinage, et se demandant pourquoi il était le seul à désespérer, quand les autres jeunes du bourg semblaient satisfaits de leur destin de villageois, contents de leurs occupations, de leurs jeux, de leurs promises, de leurs fêtes saisonnières. D'où lui venait ce désir d'ailleurs ?

L'équipe avançait en cadence, les épaules sciées par les cordes qui portaient le jeune peuplier. Le tronc se balançait à l'horizontale et imposait son rythme au chant de marche qui montait des poitrines des deux rangées d'hommes de chaque côté. « Cela fera un mât splendide », pensaient-ils tous fièrement. Les hommes du village se feront un plaisir de rivaliser pour aller décrocher les rubans du premier niveau pour leurs femmes, et peut-être le jambon accroché tout en haut. Chacun rêvait d'être le gagnant.

En cas d'échec, quelle importance ! Il y aurait tant d'autres jeux, tant d'autres occasions de gagner, de briller ! Les chants masculins rythmaient les pas et remplissaient le cœur de Loann d'un enthousiasme exaltant. Plus de hiérarchie, plus de mépris. Juste une unité élévatrice qui donnait de la force à son corps et à son âme. Rien de plus beau que ces chants d'hommes au travail.

– Quelqu'un nous suit depuis tout à l'heure ! lança un des serfs.

– Qui çà ?

– Où ça ?

– À droite, derrière les églantiers. C'est la fille de la sorcière.

Les paysans tournèrent la tête tous ensemble et aperçurent l'éclair jaune d'un vêtement de femme qui s'enfuyait vers le bois.

– Une vraie sauvageonne, la petite enchanteresse. Elle ne cause jamais à personne. Je me demande bien ce qu'elle nous veut aujourd'hui !

– En tout cas, moins je la vois, mieux je me porte, marmonna le plus vieux du groupe. Ces femmes-là, il faut s'en méfier. C'est moi qui vous le dis !

Et les hommes continuèrent leur chemin.

Le mât déposé à terre près de la croix du rassemblement, les paysans firent un autre aller-retour, et les planches fraîchement débitées dans la clairière s'entassèrent au pied de la croix, puis s'organisèrent en tréteaux pour la fabrication de la longue table de festin. Certaines planches de l'année précédente n'avaient pas résisté à l'hiver. On devait les remplacer. Il fallait aussi prévoir plus grand. Il semblait en effet que, d'année en année, les fêtes devenaient plus populaires et attiraient de plus en plus de gens du voisinage, par ces temps de paix. Chaque famille apporterait ses propres chaises et tabourets. Mais il fallait penser à en fabriquer d'autres pour les hôtes. La réputation du village en dépendait.

– Va chercher le marteau, Loann !

– Quelle maladresse ! Attention à ce que tu fais !

Loann s'étonnait de ne pas avoir encore accepté sa condition servile. Depuis le temps ! Était-ce parce qu'il se savait plus intelligent que ceux qui le commandaient ? Il n'était pas tant en colère après ses maîtres qu'après lui-même et sa propre incapacité à se résigner. Sa situation s'était améliorée toutefois. Petit, il avait été un enfant malingre, chétif – sans mentionner ses habits loqueteux. « Le rebut du village ! ». Il en avait beaucoup souffert, se comparant aux autres garçons, plus grands que lui, plus musclés et mieux vêtus. À certaines occasions, il était même devenu leur souffre-douleur.

Puis, peu à peu, il avait rattrapé physiquement certains d'entre eux. Maintenant, sans être grand, il avait toutefois atteint une taille correcte et des muscles visibles, bien nourri de chair d'animaux braconnés par sa mère, puis par lui-même, quand elle était devenue trop usée pour parcourir les bois de la seigneurie. Les autres villageois ne se seraient pas risqués à braver ouvertement l'interdiction de chasse. Mais la mère et lui s'en moquaient ! Il y avait du bon à être au ban du village, socialement et géographiquement. Rien à perdre.

L'équipe fit ensuite un aller-retour au château, pour récupérer le matériel nécessaire pour installer la broche du cochon qui allait être tué le lendemain pour l'occasion. Normalement, les villageois préféraient tuer les animaux avant ou pendant l'hiver, inquiets de ne pas avoir assez de vivres pour nourrir à la fois hommes et bêtes. Mais les hivers récents avaient été assez cléments. Le village en avait émergé en forme, et même avec des réserves – ce qui allait leur permettre d'éblouir le village voisin par leur prospérité et de s'offrir le luxe de faire des envieux.

Tous les jeunes hommes étaient en effervescence. L'enthousiasme était palpable, à l'idée de rencontrer ou de revoir les filles des environs, qui ne manqueraient pour rien au monde la fête. À charge de revanche, bien sûr. Dans quelques semaines, ce serait à leur tour d'être invités.

– C'est peut-être bien cette fois que tu trouveras une promise ! lui dit, goguenard, son rival dont les yeux démentaient les paroles. Je te conseille de te laver et de mettre tes plus beaux habits, en tout cas…

Loann était conscient qu'il avait peu de choses à offrir à une femme. À moins que cette femme ne soit de même condition que lui. Et il savait déjà qu'une telle alliance ne le satisferait pas… Mais il irait se laver ; et il laverait ses meilleurs habits. On ne sait jamais… L'eau de l'étang n'avait pas le pouvoir magique de leur donner une couleur. Mais au moins ils seraient propres. Les filles n'aiment pas les mauvaises odeurs.

La brise apportait avec elle une polyphonie de fumets. Les femmes aussi s'activaient déjà en chantonnant devant les marmites pendues aux crémaillères, car la fête aurait lieu dans trois jours, et les préparatifs du festin eux aussi prenaient du temps.

C'était la compétition des meilleures recettes. Les réputations se faisaient et se défaisaient à l'occasion des fêtes. Les épices sortaient des coffres. La cannelle sublimait les pommes aux raisins, les oignons et les ails rissolés dans le lard embaumaient, les fumets des civets de lièvres et les odeurs des potages aux carottes, aux navets et aux choux montaient des cheminées. On apportait déjà les pains et les pâtés en croûte au four du château. L'eau venait à la bouche des travailleurs qui se désaltéraient en rêvant de cidre, de bière et d'hydromel, qui leur seraient servis pendant le festin du Mai.

Le pouvoir de séduction de la nourriture n'est pas négligeable. Un chasseur glorieux attire aussi les femmes...

– Qu'est-ce que je fais ici ? se demanda Loann. Si je veux sortir du lot, ça ne sera pas en polissant des planches. Il me faudrait rapporter un cerf, ou au moins un chevreuil, pour le festin... C'est maintenant que je dois prendre un risque pour me distinguer. Il faut savoir forcer la chance.

Il décida qu'il ne passerait pas un jour de plus en préparatifs. Il y avait mieux à faire. « En Mai, fais ce qui te plaît ! » Discrètement, il s'éclipsa.

CHAPITRE 4
AIDLINN

Aidlinn prit une lente inspiration et l'odeur de l'encens pénétra dans ses poumons. Elle se sentait prête. Elle laissa glisser au sol sa tunique, sa chemise, et se retrouva nue et frissonnante, dans la fraîcheur de la grotte troglodytique qui lui servait de maison depuis ses sept ans. Elle s'empara du couteau à manche d'ivoire et traça à la lame sur la terre battue, en tournant sur elle-même, un cercle assez grand pour qu'elle puisse y loger agenouillée confortablement avec la boule de cristal devant elle. Lentement, elle enleva de son cou une cordelette reliée à une petite bourse de cuir qu'elle déplia lentement, avec concentration. Elle répandit son contenu dans le cercle : de la sciure de bois, la mousse du sol que les pas de Loann avaient foulé ce matin-là, les pétales de l'églantier qu'il avait effleuré sur son passage, et le persil cueilli à la nuit dans le jardin potager du jeune homme.

Le cercle prêt, elle pivota d'un quart de tour vers la gauche, s'agenouilla puis s'assit sur les talons devant la boule. Les yeux et la bouche fermés, elle laissa naître puis jaillir du plus profond de son être une vibration qui peu à peu s'amplifia pour aller se placer au diapason du chant du monde. Les paumes ouvertes posées contre le sol, Aidlinn entrait patiemment en contact avec la Terre. Les minutes passèrent. Sa respiration peu à peu changea de qualité, se fit plus lente et plus profonde. La jeune fille était là et ailleurs en même temps. Elle était prête...

Elle ouvrit les yeux sur la boule de cristal et se concentra, comme elle avait vu faire Morgen tant de fois. Elle prononça en un souffle l'incantation sacrée « LOANIMED » et attendit... Elle entendait battre son cœur à une lenteur anormale, lui qui de coutume s'emballait à la vue du jeune paysan. Le temps passait sans qu'elle le sente. Ses jambes privées de circulation n'existaient plus. Son corps était réduit à un tronc, et ses bras, tels deux cordons ombilicaux, la reliaient à la Terre Mère. Soudain la boule devint changeante. Elle n'absorbait plus la lumière de la grotte de la même façon... Aidlinn se sentit envahie par une sérénité hors du commun.

– Va-t-il me remarquer ? Va-t-il m'aimer ? Quel sera mon avenir ? Elle allait bientôt recevoir la réponse... La boule prit une couleur opaque blanchâtre, puis se figea. La fille la fixait du regard, attendant patiemment une révélation, une inspiration, une vision. Mais rien ne venait. Aux questions de la magicienne, le cristal répondait toujours par des couleurs changeantes, interprétables. Aidlinn connaissait par cœur l'interaction mystérieuse entre Morgen et la sphère. Le découragement envahit lentement la jeune fille : la boule de cristal était redevenue statique ; elle refusait de lui répondre.

Aidlinn ne serait jamais une Enchanteresse comme sa mère... Elle le savait instinctivement, même si elle feignait de l'ignorer la plupart du temps. Elle sentit qu'elle perdait peu à peu sa concentration, que son cœur retrouvait un rythme normal. D'un bond, elle se releva, déçue. Elle attrapa la boule laiteuse sans précautions et la replaça brutalement sur l'autel de pierre.

– C'est décidé : je vais à sa rencontre. C'est Loann qui me dira mon avenir. Je ne me cacherai plus. Je le provoquerai.

Finies les tergiversations et les attentes, les cachettes d'où elle le regardait passer, tremblante d'amour. Finies les questions aux pierres d'Odin, les phrases d'amour réduites en incantations, l'effeuillage enfantin des pâquerettes, l'interprétation du vol des oiseaux. Finies les questions aux cartons colorés que des Égyptiens de Constantinople avaient autrefois donnés à sa mère au cours d'un de ses voyages lointains. Elle n'arrivait pas à les interpréter non plus, de toute façon... Elle était à la croisée des chemins et voulait une réponse. Elle se rhabilla en un clin d'œil et s'élança dans la lumière du jour, se prenant les cheveux au passage à une branche du jeune pommier à l'entrée de la grotte. Une fleur arrachée tomba à terre.

Sur son autel de pierre, la boule peu à peu retrouva sa transparence.

Aidlinn, déterminée, se frayait un passage entre les joncs et les prêles, attentive qu'elle était toujours à épargner autant que possible dans ses déplacements les créatures de la terre. Un pincement de cœur à chaque coquille d'escargot qui craquait sous ses pas, un évitement de scarabée étincelant comme un petit soleil vert irisé sur une feuille de menthe veloutée, un saut léger par-dessus une grosse limace orange humide… et la voilà arrivée aux abords du village enfiévré par les préparatifs de fête. Ces derniers temps, elle se rapprochait de plus en plus souvent du village.

Du four seigneurial émanait une délicieuse odeur de pâtés en croûte. Aidlinn enviait ces femmes qui se retrouvaient pour discuter en apportant les victuailles à cuire, elle qui depuis l'enfance grandissait dans l'isolement du chaudron maternel et du four de la grotte. Personne avec qui partager ses pensées, ses secrets. Et maintenant, voilà qu'il était trop tard. Elle avait développé une méfiance envers tous ces gens qui se méfiaient d'elle et de sa mère, et ne se décidaient à traverser les marais pour aller consulter la guérisseuse qu'en cas de grand besoin.

Elle attendit, hésitante, regardant au loin ce paysan qui avait ravi son cœur. Loann, ce serf dont personne ne faisait cas, ce garçon qui n'avait rien d'exceptionnel, pas plus grand que la moyenne, blond mais mal coiffé, et si mal habillé, fils de la pauvresse du village, était à ses yeux un garçon extraordinaire. Elle savait voir le potentiel à travers la saleté et les apparences. Elle l'observait de loin depuis longtemps. Elle l'avait vu grandir. Il avait tellement changé ces derniers temps. Quel sentiment étrange, quelle fascination il lui inspirait depuis toujours… Elle ne se sentait bien, elle ne respirait légèrement et librement que quand elle le voyait. Elle ne savait dire pourquoi… Était-il son double ?

Soudain, Aidlinn vit Loann quitter de façon inattendue l'équipe de montage de la broche au cochon et se diriger vers la croix de rassemblement, qu'il dépassa. En retrait, elle le suivit de loin. « Pour la dernière fois », se jura-t-elle. Elle attendrait pour l'aborder qu'il se soit éloigné du village. Loann marchait maintenant sur le sentier d'un pas déterminé. Aidlinn, mince et nerveuse, s'élança à sa poursuite par un raccourci, la main dans la poche, crispée sur une petite fiole au contenu de sa fabrication. Elle attendait le moment parfait où elle en avalerait le contenu, son philtre d'amour préparé avec grande application pour la première rencontre, l'élixir qui la rendrait irrésistible.

Elle déboucha la fiole, avala d'un coup le liquide amer, puis dévala le talus et s'élança avec témérité sur le sentier de la forêt. Elle s'immobilisa à quelques pas du jeune serf. Interdit et décontenancé, Loann tomba en arrêt devant cette apparition colorée aux prunelles inquiétantes, à l'insolente tunique bariolée jaune et rouge, devant cette magicienne des marais que tout le monde craignait au village.

Les yeux noirs et les yeux bleus s'affrontèrent. L'instant dura... Nulle parole ne fut échangée. L'atmosphère était lourde de tension nerveuse. Chacun esquissa un pas sur le côté, se retourna sur lui-même, jaugeant l'autre, hésita encore un instant long comme une éternité, puis passa son chemin. Loann reprit sa marche indifférente vers la futaie, laissant Aidlinn interdite, sur le chemin. L'occasion était perdue. La magie du philtre n'avait pas opéré. La fille s'immobilisa, les bras ballants, et suivit du regard un long moment la silhouette grise qui s'éloignait d'un pas dansant et que le sous-bois engloutit peu à peu.

Aidlinn avait rejoint la grotte, mais ne se décidait pas à y entrer. Le front pressé contre l'écorce chaude du vieux pommier mort, elle se demandait ce qui avait fait échouer la potion magique. Elle ne poserait aucune question à sa mère, la seule pourtant qui aurait été à même de l'aider. Elle ne lui avait jamais parlé du philtre, ni même de Loann... Elle était avide de contrôle mais voulait y arriver seule. Morgen s'était absentée pour quelques jours. La voie était libre. Tout le savoir du monde était contenu dans la mémoire phénoménale de la magicienne. Mais elle avait aussi des grimoires précieux qu'elle consultait au besoin. Aidlinn avait appris à lire dans la poussière du sol et dans le livre des enchantements. La mère était généreuse dans son enseignement, et attentionnée. Mais la fille percevait de plus en plus dans la voix adulte du découragement, parfois même de la colère. Elle devinait qu'elle n'était pas à la hauteur. L'Enchanteresse était désenchantée... Aidlinn ouvrirait le Grand Livre seule.

Le vélin lisse du codex craquait sous les jeunes doigts. Les couleurs étaient si belles, les lettres d'encre si captivantes. Même les taches et les moisissures étaient fascinantes. Combien de mains s'étaient posées sur ces pages ? Morgen était comme éternelle... D'où venait-elle ? D'où venait ce livre ? Qui l'avait confectionné ? Aidlinn avait tant de questions, et tant de crainte à les poser à Morgen... La dernière page fut tournée : le mystère du philtre d'amour inopérant n'était pas résolu. Aidlinn ferma le livre, perplexe.

Aussitôt sa décision fut prise. Elle chercherait la réponse dans le Voyage.

Aidlinn ouvrit fébrilement le coffre et en retira une bourse de tissu remplie de champignons séchés. Sa mère se les était procurés lors d'un récent voyage. Elle les avait obtenus contre des herbes médicinales qu'elles allaient ensemble glaner dans les forêts et les prairies. Les champignons venaient de la terre lointaine des Indes, acheminés par des caravanes de chameaux jusqu'à Paris. Aidlin imaginait avec fascination ces énormes chevaux bossus le long des sentiers de France. Peut-être aurait-elle la chance de les croiser un jour...

Morgen avait initié une fois sa fille au Voyage. La petite en était revenue émerveillée, éblouie, enrichie de la sagesse du monde. Elle regardait la vie différemment depuis ce jour-là car elle s'était connectée à l'univers. Elle avait rencontré la mort, puis était revenue à la vie, soulagée et immensément heureuse, en symbiose avec la grotte, son centre du monde, dont les parois palpitaient et respiraient autour d'elle, en symbiose avec le marron iridescent de la terre et le vert miroitant des plantes, en union avec les hommes ses semblables, ces inconnus entourés de halos, qu'elle avait pu aimer depuis ce jour-là, en union avec le ciel immense, brillant de toutes ses couleurs grises ou bleues le jour, noires la nuit, en union avec les vibrations sonores de la terre qui palpitait, avec les animaux ses frères dont elle comprenait enfin les paroles pour la première fois...

Aidlinn s'allongea sur la couverture de peaux de loup qu'elle avait confectionnée et attendit patiemment, concentrée sur le goût de sous-bois qui lui restait dans la bouche après l'ingestion des champignons... Sa mère aurait été furieuse de la savoir entreprendre le Voyage seule... La petite ne pouvait s'empêcher de se sentir coupable. Elle sentait, posé sur elle, le regard accusateur de Morgen. Elle était de plus en plus mal à l'aise… Elle regrettait presque… Pourtant, elle voulait que Loann l'aime… Elle voulait découvrir ce qui manquait au philtre pour qu'il opère.

Ses habits la serraient subitement. Elle commença à s'en débarrasser. C'est si peu naturel, des habits… Le cœur de la grotte se mit à battre. La pierre prenait vie. La grotte… La recluse… Le grimoire disait qu'il fallait la bénédiction de l'Éternel… Voilà ce qui manquait au philtre : un cheveu de la Sainte Recluse ! La lumière de la bougie se fit plus intense. Un halo se forma tout autour… Aidlinn commençait le Voyage. Mais ce voyage-ci n'était pas comme la première fois… Elle ne se sentait pas du tout heureuse, elle se sentait même de plus en plus mal… Elle commençait à être envahie par la peur, elle se sentait absorbée par la nuit…

Soudain, elle fut transportée dans un monde intermédiaire, un monde angoissant, gris comme la cendre. Un spectre de couleur laiteuse, effrayant, la contemplait sans la voir. Il regardait à travers elle, rempli d'un immense désespoir…

CHAPITRE 5
LE SPECTRE

Onze coups de cloche lointains et sourds résonnent dans la nuit. Une forme blanchâtre s'élève au-dessus de l'étang, immatérielle, presque imperceptible, telle une fumée de chandelle à peine éteinte. Peu à peu, elle s'amplifie, se densifie, tout en demeurant intangible. Elle semble errer un moment, hésitante, au-dessus de l'eau, parmi les feux follets. Puis elle acquiert une forme humaine aux contours imprécis, qui se fige, en suspens…

Hypnotisé par l'eau noire, le spectre se penche sur la surface de l'étang qui se transforme en vaste miroir de son passé. Comme chaque nuit, sa vie se met à défiler devant lui en teintes grises. Il ne peut l'arrêter. Il ne peut s'y soustraire.

An de grâce 1101

Je revois – mais… s'agit-il bien de moi, ou s'agit-il d'un autre ? – je revois l'île couleur de cendre flottant sur les eaux d'un gris de plomb…

*

* *

... Nous rentrions de Palestine par la mer, découragés de repasser par l'Anatolie à cause des Turcs. Le seul conseil pour atteindre Marseille sains et saufs était d'éviter de se déporter trop à gauche, à cause de la Barbarie et des îles où vivaient les Sarrasins appartenant à l'empereur d'Ifriqiya. Mais voilà que notre bateau avait une avarie, et nous étions forcés d'aborder l'Île de Malita. Il est vrai qu'elle était passée récemment aux mains du comte Roger de Normandie, fils de Tancrède de Hauteville. Ce fut là mon plus beau souvenir de paix du grand voyage de Terre Sainte.

Je revois l'île couleur de miel flottant sur les eaux teintées de rose par la lueur de l'aube. Le duo du claquement des voiles et des cris des mouettes résonne encore dans ma tête. L'inquiétude s'était dissipée, malgré l'inconnu. Nous avions vu tant d'horribles choses pendant le pèlerinage vers Jérusalem que rien ne pouvait plus m'atteindre. J'étais libéré de la peur.

Les réparations prenaient du temps, et je décidai d'explorer l'île. Pour mes déplacements, je louai un âne, monture peu glorieuse pour un chevalier « cruce signatus », mais l'argent manquait, car nous avions dû financer nous-mêmes le long voyage. L'âne s'avéra bien pratique sur les chemins blancs caillouteux bordés de murets de pierres sèches. Que de pierres dans cette île ! Avec quelle patience les habitants les avaient retirées de la terre pour pouvoir la cultiver. Je voyageais chaotiquement le long des champs de coton, à travers les forêts odorantes de pins et les paisibles oliveraies plantées par les infidèles. Je descendais souvent de ma monture pour aller à pied, admiratif de la terre sculptée en damier par les paysans pour qu'elle retienne l'eau d'irrigation qui se déversait par une infrastructure de petits canaux de pierre sculptée, dans un ruissellement chantant. Je me frayais un passage parmi les herbes fraîches, les muscaris bleu violet et les marguerites d'or, admiratif de la géométrie sacrée de la création. Ce printemps exceptionnel me redonnait espoir dans le genre humain et dans la capacité de régénérescence de la nature.

Au rahal Farrug, je m'arrêtai pour demander de l'eau. Un vieil homme vêtu d'une « gibba » était accroupi par terre, contre le mur de pierre d'une des fermes carrées et sobres, au toit plat. Au-dessus de la porte, s'élançaient du mur deux cornes de taureau.

– Qu'Allah te bénisse, mon fils.

– Je sursautai, à la voix de ce paysan qui s'adressait à moi dans ma langue !

– Qui es-tu, un serf ou un savant ?

– Faut-il être l'un ou l'autre ? répondit-il avec sagesse.

Il s'appelait Abu al Qasim. Ses ancêtres étaient arrivés sur l'île il y avait plusieurs centaines d'années, au moment de la conquête maure. En 1091, Roger de Normandie avait à son tour débarqué sur l'île. Le Qadi de Malita avait négocié. Les gens de la Madina avaient pu conserver une liberté d'action, mais pas les habitants des campagnes. Il était donc devenu depuis peu serf du comte de Sicile.

– La vie est plus précieuse que la liberté.

Il s'offrit de devenir mon guide. Nous parcourûmes ensemble la campagne jusqu'à la mer, parfois discourant, le plus souvent marchant en silence. Il me montra des ornières mystérieuses gravées dans la pierre, qui finissent parfois inopinément sur les falaises. Où allaient-elles ? Quelle avait été leur raison d'être ?

– Ici, tu perçois le cheminement des hommes. Mais tu ne sais pas d'où ils viennent, et tu ne sais pas où ils vont.

– Cette île est un mystère. Est-ce Atlantis ?

– Allah est grand. Lui seul le sait.

– Je suis un soldat du Christ. J'ai combattu en Terre Sainte, au nom du Dieu Unique dont le fils est Jésus, aidé du Saint Esprit.

– Isa est le Messager d'Allah et un grand Prophète. Est-il satisfait des actes que tu as commis en son nom ?

– Je suis parti pour me laver de mes péchés. À Jérusalem, j'ai rencontré des hommes, des lettrés, mésopotamiens, égyptiens, grecs… Ils m'ont parlé des Dieux anciens, morts et ressuscités, Baal, Osiris, Attis, Adonis, Tammuz… Jésus n'est-il rien d'autre que leur successeur ? Sa vie semble écrite dans les constellations… Sa naissance symbole d'espoir au solstice d'hiver, ses 40 jours au désert, avec le combat entre les forces de la nuit et celles de la vie, de l'équinoxe de mars au triomphe de Mai… Est-il un Dieu ? Est-il un homme que l'on a transformé en Dieu ? Est-il tout simplement la personnification d'un mythe ? Je ne sais plus… J'ai fait ce pèlerinage pour savoir… pour comprendre…

Les deux hommes s'arrêtèrent et le vieux Sarrasin s'approcha d'un bouquet d'arbres au feuillage sombre et brillant. Il écarta quelques branches et révéla un espace confortable ombragé où ils s'étendirent. De jeunes gousses vert tendre pendaient de l'arbre. Hélion, enveloppé par une odeur végétale douceâtre et sucrée, sentait sous ses paumes monter la fraîcheur de la terre noire et fertile du caroubier dont la couleur lui rappelait la riche terre de France. Il s'endormit.

– Comment vas-tu aujourd'hui ? lança le vieil homme en s'avançant à la rencontre du chevalier. Je t'ai préparé une infusion de feuilles de cistes et de miel. Et après, je t'emmène aux Temples des pierres géantes.

Hélion était affaibli par le pèlerinage qui avait duré cinq ans. Il avait dû faire un séjour à l'hôpital de Jérusalem. Il n'arrivait pas à retrouver sa force d'antan. Le miel de thym réputé de l'île lui piquait la gorge au passage. Le beau temps durait. S'il n'avait été impatient de retrouver les siens, Hélion se serait senti au paradis sur l'île. Ils partirent.

– Ces temples de pierres sont là depuis toujours. On ne sait pas qui les a construits. Regarde bien les statues des déesses. Tu les retrouveras incarnées dans les femmes d'ici. Mes ancêtres sont venus d'Ifriqiya il y a bien longtemps. Mais certains hommes sont ici depuis l'origine. Ils ont traversé la nuit des temps et ont souffert pour survivre aux privations de l'île. Ce sont des survivants, marqués dans leur corps. Leurs femmes ont pris la forme des Déesses.

– Chez moi aussi, il y a des pierres dressées. Il y a eu les mêmes hommes. Personne ne sait ce qu'ils sont devenus.

– Si tu n'as pas repris la mer, le 20 juin au soir, nous reviendrons. Nous dormirons contre les pierres. Et au petit matin, tu pourras voir la splendeur du soleil illuminer l'allée centrale de tous ses rayons et ressusciter la Déesse : « Zahia bhax-xemx ». Parfois, les hommes oublient la lumière.

Le vieux sage et le jeune chevalier traversaient un jour les grands vergers d'orangers en fleurs des Sarrasins du rahal Attard, en direction de la Madina où Abu voulait lui montrer la Mosquée du vendredi que les chrétiens étaient en train de transformer en église. Il restait encore sur les arbres quelques fruits qu'Hélion dégusta avec émerveillement : « Inoubliables... Les plus délicieux de Méditerranée ! »

– Sais-tu qu'ils poussent à l'emplacement du grand temple de la déesse Astarte ? Elle était à la fois guerrière aux cornes de taureau, maternelle et douce colombe, et attirante Vénus. Les parfums des fleurs continuent de l'honorer, même si les hommes d'aujourd'hui l'ont oubliée... Tu as quitté les Phéniciens d'Acre pour retrouver ici leurs descendants. Comme toi, ils ont traversé la mer, protégés par Osiris, et ils ont fait escale ici. Certains y sont restés. Ils vivent en nous.

– Mène-moi à leurs tombes.

– As-tu la fascination des tombes ?

– Oui. Mène-moi.

Un chien jaune à poils ras, à l'ossature élégante et au port altier, les suivait de loin. Il avait le museau fin et de grandes oreilles dressées. Hélion sourit à la réincarnation d'Anubis.

– Tu sais, il ne reste rien… Les pilleurs sont passés par là il y a bien longtemps…

Hélion avançait avec précaution, la main contre les parois de la roche friable tiède de soleil, incrustée de petits coquillages de pierre. Il baissa la tête pour passer par l'ouverture quasi circulaire dont la forme lui rappelait celle du Saint Sépulcre, et se retrouva dans une chambre noire. Les mouches qui s'y étaient réfugiées à la recherche de fraîcheur émettaient un bourdonnement assourdissant. Peu à peu ses yeux apprivoisèrent la pénombre. Il s'agenouilla avec respect et se mit à tâtonner dans la poussière de la roche décomposée de la tombe. Abu lui avait assuré qu'il ne trouverait ni scorpions, ni serpents venimeux dans l'île. Ils devaient cela à Saint Paul, racontaient les Chrétiens.

– Qui étais-tu, toi dont ce fut la dernière demeure ? Qui étiez-vous ?

La tombe avait sans doute servi plusieurs fois. Hélion passa et repassa la main dans la poussière du sol, systématiquement, à la recherche d'un os, d'une dent, vestiges d'une présence. Rien. Le temps avait fait son œuvre, les hommes aussi sans doute. Persévérant, il continuait, demandant de tout son cœur un signe. Et le signe vint. Sa main se referma sur une pierre, une pierre pas comme les autres, irrégulière et lisse à la fois, terriblement attirante. Le cœur battant, il s'extirpa de la tombe. Le soleil l'éblouit. De sa main ouverte jaillit un bleu-vert intense : un petit personnage d'un pouce, chauve et nu, le contemplait. Déception dans sa joie : il était cassé au bas du ventre. Il lui manquait les jambes.

Le Sarrasin frémit, admiratif.

– Tu l'as obtenu, ton talisman !

Le chevalier le questionna du regard.

– C'est Ptah-Ek, le Dieu des Dieux. C'est une amulette égyptienne. Elle date d'avant le prophète Isa, ton Sid Jésus. C'est le Dieu nain, protecteur des enfants.

Hélion était fasciné... Et l'alchimiste en lui s'inclinait d'admiration devant la science des anciens égyptiens qui avaient maîtrisé à la perfection les minéraux et le feu pour pouvoir créer cette étonnante faïence capable de rivaliser avec les turquoises du Sinaï et les lapis-lazuli des Afghans, cette pierre humaine dont le bleu couleur d'azur, d'infini, était tant aimé des Dieux.

Le vieil homme entra à son tour dans la tombe, se baissa et prit une poignée de poussière qu'il laissa lentement glisser du sablier de sa main dans la petite bourse qui pendait à son cou.

– C'est à Dieu qu'appartiennent la puissance et la vie éternelle, et ses créatures sont destinées à la mort.

Hélion le regarda faire en silence.

Minuit sonne dans le lointain. Le spectre se dissout dans la nuit...

LIVRE 3

RENCONTRE

CHAPITRE 1
LOANN ET LA FILLE LOUP

L'homme et la bête se jaugèrent du regard. L'animal pressentait le danger et pourtant demeurait immobile, fasciné par la curieuse odeur qu'il avait rarement l'occasion de sentir à cette profondeur du bois. Loann suivait le jeune cerf de loin depuis un moment, tissant lentement et patiemment à distance son piège d'araignée humaine, entourant le bas de certains troncs d'arbre avec une cordelette robuste et encerclant peu à peu l'animal.

Le jeune paysan aurait pu facilement lui transpercer le cou d'une flèche. Mais il connaissait la punition réservée aux serfs pris à braconner sur les terres du Seigneur. Aucune trace ne devait entacher la fourrure de l'animal. Il prétendrait avoir achevé la bête trouvée blessée dans un fossé, une patte cassée, et retirerait la gloire de la prise, sans risquer des représailles. Personne ne serait dupe au village, mais les apparences seraient sauves et le Maître n'aurait pas à sévir. Loann se voyait rapportant au village l'animal que l'on viderait avec enthousiasme.

Il imaginait les commentaires envieux des hommes, les regards admiratifs des filles, l'odeur de viande qui s'élèverait dans les grésillements appétissants, la dureté de la chair sous la dent – un tel animal aurait mérité d'être faisandé. Hélas, le temps manquerait pour cela, car la fête aurait lieu dans deux jours...

La bête n'avait pas encore sa taille adulte... Heureusement, c'était le printemps, et l'animal venait de perdre ses bois. La cordelette était maintenant complètement dévidée. Loann en attacha l'extrémité à un dernier tronc d'arbre, se baissa lentement pour ramasser une branche d'arbre mort dont il testa la résistance, et contourna de loin le cerf qui s'était mis à brouter la mousse. Soudain, il prit une grande inspiration, poussa le féroce cri de chasse « Taille haut » et frappa de toutes ses forces un tronc avec son bâton. Puis il s'élança à la course vers l'animal surpris qui se redressa aussitôt, bondit en avant, et alla bientôt s'abattre sur le piège de la corde dans laquelle il se prit les pattes. Le cerf désarçonné par la cordelette tendue se retrouva à terre.

Avant qu'il ait eu le temps de se relever, Loann se jeta sur lui et lui enserra le cou de toute la force musculaire de ses jeunes bras et de son désespoir de serf. L'homme et l'animal luttèrent corps à corps, roulant sur le tapis glissant de mousse et de feuilles pourrissantes. Loann s'accrochait à sa position contre le dos de l'animal, soucieux d'éviter les coups de sabot. Le combat durait. Loann sentait ses forces faiblir... Il réalisa avec soulagement que le cerf qui étouffait donnait lui aussi des signes de faiblesse. Peu à peu, les soubresauts se firent plus faibles. Le corps tressaillit plusieurs fois par à-coups ; puis plus rien. La bête était morte. Satisfait et respectueux, Loann posa la main sur le front chaud de l'animal et prononça la prière. Puis il saisit une des pattes de la main gauche et, d'un coup de talon, la brisa.

Le garçon alla récupérer la précieuse cordelette et la rangea dans sa besace. Puis il glissa sous l'animal une grosse branche et par une opération de levier, réussit à décoller du sol une partie du corps lourd pour se glisser dessous et le soulever sur ses épaules. Inquiet, les muscles tendus par l'effort, il se demandait s'il serait capable de porter un tel poids sur une longue distance... Le sol était inégal et glissant. Ce n'était pas le moment de se tordre une cheville. Rien de glorieux s'il rentrait en boitant. Les ronces et les broussailles le dissuadèrent de continuer par le sous-bois, et il obliqua vers l'ouest. Le chemin serait plus long, mais il savait que dans cette direction il trouverait tôt ou tard un sentier praticable, qui connectait par le bois sa seigneurie à la seigneurie voisine. Il pourrait alors fabriquer un brancard pour tirer l'animal, si celui-ci s'avérait trop lourd.

Loann marchait maintenant d'un pas régulier mais lent, sur le chemin bordé de jeunes fougères. Il suivait ce sentier pour la première fois. Les arbres poussaient droit vers le ciel. Les oiseaux pépiaient, accompagnés par le chant intermittent du coucou. Des écureuils roux agiles vaquaient à leurs occupations dans les hautes branches. L'odeur de la bête se mêlait à l'odeur de transpiration et à une autre odeur sauvage. Les muscles de Loann lui faisaient mal. La tête lui tournait presque. La faim montait. Il lui fallait se rendre à l'évidence : la bête était trop lourde. Il s'interrompit pour confectionner un traîneau de fortune, qui lui prit environ une heure de travail.

Il y plaça l'animal et reprit sa route, harnaché comme une bête de somme.

Soudain des galops de chevaux se firent entendre au loin. Loann, le cœur battant, se remémorait la phrase préparée pour répondre à quiconque jetterait des regards suspicieux sur son animal. Il se décala sur le bord du sentier, espérant de tout cœur que les Seigneurs montés ne ralentiraient pas leur course pour le paysan qu'il était. Hélas, ce n'étaient pas des Seigneurs mais des hommes d'allure suspecte qui vinrent se placer avec leurs chevaux de chaque côté de lui. À leur langage et leur accent, il reconnut qu'ils n'étaient pas de la région.

Loann était en mauvaise posture. Les hommes voyaient qu'il n'était qu'un serf et ne réclamaient pas sa besace. Par contre, ils étaient intéressés par sa prise. Le sang du jeune homme ne fit qu'un tour. Il ne se laisserait pas dépouiller de sa bête. La lutte serait difficile, risquée même. Mais Dieu était de son côté… enfin non, puisqu'il avait lui-même enfreint la loi de son Seigneur en braconnant ! C'était peut-être une punition divine… Il chassa cette pensée. Un homme doit mériter sa chance par son courage. Les idées tourbillonnaient dans sa tête. Il n'allait pas laisser passer cette occasion de se prouver à lui-même qu'il avait autant de courage que les croisés dont il enviait les aventures lointaines… Ce cerf était sa seule occasion de sortir du lot à la fête, un des rares jours de l'année où venaient au village des gens du château et des étrangers de passage qui pourraient le remarquer, et peut-être le tirer de sa condition servile. Il ne voulait plus remettre sa chance à plus tard.

– Regardez ça ! Une si grosse bête pour un si petit homme ! lança un des hommes, moqueur.

Loann, humilié et inquiet, ne disait mot. Il passa son chemin, tirant péniblement l'animal.

– C'est clair que tu as besoin d'aide, lança son compère, narquois. Puis il s'impatienta : Assez joué, serf ! Donne-nous l'animal.

Au-dessus des hommes, dans les arbres, les oiseaux voletaient de branche en branche en chantant leur hymne à la vie, ignorants du combat qui se préparait. Loann aurait pour lui l'effet de surprise car les deux brigands étaient loin d'imaginer sa détermination. Il fit semblant d'obtempérer et, l'air faussement soumis, se libéra lentement de son harnais, les yeux baissés scrutant le sol.

Dès que le premier homme mit pied à terre, Loann se pencha lentement, saisit une grosse pierre et l'écrasa de toutes ses forces contre le front du brigand qui tituba sous le choc et la douleur. L'autre homme sauta de cheval et se jeta sur Loann avec la férocité attendue. Le jeune serf avait hélas présumé de ses forces ; il le comprit rapidement. Le premier brigand regagnait peu à peu conscience. Quant à son compère, il se révélait plus fort que sa carrure ne l'avait laissé prévoir. Ces hommes étaient des guerriers. Jusque-là, Loann avait affronté des paysans ; il n'avait pas prévu la force musculaire des hommes de guerre. Il comprenait trop tard son erreur de calcul fatale. Ses ambitions allaient s'éteindre ici, bêtement, d'un coup de poignard, sur ce sentier forestier. On ne retrouverait même pas son corps, qui serait probablement dévoré par les loups. Il imagina sa mère désespérée et entraperçut au même instant l'éclair d'une lame, qu'il évita d'un bond, par miracle. Rien ne pouvait le sauver maintenant. Le combat se déroulait en silence, intense, entrecoupé par les halètements des hommes.

Soudain, un hurlement étrange déchira l'air opaque et les trois combattants frissonnèrent, happés par une peur ancestrale qui les avait saisis tous ensemble aux entrailles : les loups ? Le cri était profondément perturbant, à la fois humain et sauvage… Le combat resta en suspens… Les hommes ne savaient plus où était le vrai danger… Un mouvement dans les taillis et des bruits de branchages écrasés attirèrent leurs regards qui se fixèrent bientôt avec terreur sur une meute de loups qui arrivait, ventre à terre, et bondit sur les hommes pétrifiés. Loann se raidit en prévision de l'impact, mais rien ne vint. Les quatre animaux s'étaient jetés sur les brigands et s'acharnaient maintenant, au corps à corps avec les hommes qui se débattaient de toute la force du désespoir.

Loann assistait à ce spectacle étonnant sans comprendre, se demandant par quel miracle les loups avaient décidé de l'épargner, n'osant penser qu'ils avaient fait le choix délibéré de le défendre ! Il ne savait plus de quel côté il était, celui des hommes ou celui des bêtes.

Les chevaux, effrayés par l'odeur sauvage, s'étaient enfuis. Les oiseaux dans les arbres se taisaient, conscients d'une lutte à mort qui faisait rouler dans les herbes du chemin fourrures et tissus gris et noirs, peu à peu tachés de sang rouge frais. Les loups grondaient, les hommes hurlaient et gesticulaient avec leurs coutelas qui tranchaient dans la chair ici et là au hasard.

Soudain, un des loups poussa un hurlement de douleur. L'entaille était profonde, mortelle, peut-être…

Le cri de la bête fut suivi d'un autre cri, clairement humain cette fois. Surpris, Loann tourna la tête et se trouva presque face à face avec une créature improbable, effrayante et fascinante, qui, derrière lui, avait elle aussi suivi le combat. C'était une fille aux cheveux ébouriffés, vêtue de haillons, étonnamment sale et pourtant majestueuse, magnétique, qui regardait avec terreur le sang couler de la blessure du loup. De sa gorge sortit un nouveau cri, ou plutôt un chant poignant, une modulation vocale dont Loann n'avait jamais entendu la pareille. Instantanément, les loups se dégagèrent des hommes et, tous crocs dehors, se tinrent immobiles, la queue raide, l'air menaçant. Les deux brigands, sans demander leur reste, se relevèrent. Visages et bras griffés et mordus, habits déchirés, ils s'enfuirent en courant aussi vite que le leur permettaient leurs forces défaillantes, l'esprit frappé par cette magie maléfique.

Loann était pétrifié. Il se demandait si les animaux allaient maintenant se retourner contre lui. Il se demandait s'il devait, comme les hommes, remercier sa bonne étoile et fuir sans regarder en arrière. Mais quelque chose l'en empêchait, un sentiment étrange où se mêlaient curiosité et reconnaissance. Il refusait de l'admettre mais il savait instinctivement que les loups étaient intervenus sur les ordres de cette créature pour le sauver, lui.

Les loups léchaient leurs blessures, tandis que la Fille, puisqu'il fallait bien l'appeler par ce nom, s'était agenouillée à côté de l'animal blessé. Le sang coulait abondamment. Elle tirait de son sac des chiffons sales et des lanières de cuir, probablement dérobés au village, pour lui faire un bandage. Loann se remémora les dires des anciens qui racontaient des histoires tenues de leurs aïeux, du temps des invasions d'autrefois, pendant les veillées d'hiver à préparer noix et châtaignes. Les invasions avaient généré tant de misère, tant de tragédies qu'on disait que des bébés orphelins de villages détruits avaient été sauvés par des meutes de loups qui les avaient élevés comme les leurs. Dans le village, certains bûcherons avaient bien mentionné une ombre humaine qu'ils avaient parfois aperçue rôder dans les taillis ; mais personne n'en avait fait trop de cas... Et il se retrouvait là, aux côtés de cette Fille...

Les loups se regroupèrent et se mirent à lécher la blessure de leur compagnon. La Fille déroula le chiffon. Soudain, sans même réfléchir, Loann se retrouva agenouillé au pied de la bête blessée. Il tira de sa propre besace un matériel de couture rudimentaire et, avec des gestes précis observés curieusement par les animaux et la Fille, il enfila l'aiguille. Conscient du danger, il caressa lentement l'animal blessé, puis rapprocha délicatement de ses mains les deux parties de peau fendue du loup qui gémissait en montrant les crocs, et, prenant une inspiration inquiète, plongea l'aiguille dans la chair. L'animal se retourna sur la douleur et alla planter ses crocs dans l'avant-bras du jeune homme. Loann hurla sous le coup de l'attaque qu'il avait crainte et chercha à se dégager. Mais les mâchoires de l'animal étaient bloquées sur son bras et le retenaient prisonnier.

La Fille intervint immédiatement, geignit plaintivement en tirant de toutes ses forces sur la fourrure du cou et le loup, finalement, lâcha prise. La morsure était étonnamment douloureuse ! De la chair blanche boursouflée par les crocs suintait le sang. Loann et la Fille Loup se regardèrent. Loann avait peur maintenant... Le regard de la petite se fit suppliant. Elle lui disait, sans besoin de paroles, qu'elle le savait, mais qu'elle avait besoin de son courage. Quelques secondes passèrent. La scène était invraisemblable. Loann était en conversation instinctive avec une meute de loups ! Tous comptaient sur lui. Il décida de les aider. Alors la Fille Loup s'étendit et couvrit de son corps la tête du loup, enlaça de ses bras la fourrure dense de son cou, et Loann recommença son travail de couture, tressaillant au rythme des grondements de la bête qu'il transperçait de son aiguille, recousant lentement et consciencieusement la longue entaille sanglante.

Le travail fait, Loann utilisa une de ses bandelettes pour protéger la blessure, puis il se releva. Le loup tourna la tête vers lui. Les yeux bleus rencontrèrent les yeux fauves, se jaugèrent intensément. Loann crut percevoir un sentiment de reconnaissance. Son regard fut ensuite attiré par celui du loup noir ; et là, il crut lire de l'hostilité. C'était inexplicable... Loann se demanda s'il avait rêvé.

Que faire maintenant ? Le loup n'était pas en état de marcher. Combien de temps devrait-il rester sur ce chemin avant de retrouver des forces ? Si quelqu'un passait, qu'adviendrait-il de lui ? La Fille Loup lui parla du regard :

– Viens avec nous. Je te mène à la tanière.

Cette petite était fascinante. Elle ne connaissait apparemment pas le langage des hommes. Et, plus horrifiant encore, elle se déplaçait comme les loups, à quatre pattes et légèrement penchée sur le côté, même si elle faisait clairement des efforts depuis l'attaque pour se redresser et le regarder dans les yeux. Loann jeta un regard à la carcasse du cerf sur son traîneau. Il fit taire ses regrets et, sacrifiant sa prise de chasse, il se baissa, passa ses bras douloureux sous le corps chaud du loup et rassembla ses dernières forces pour le soulever. Lentement, il suivit la Fille qui écartait délicatement les branchages sur leur passage et le guidait lentement vers la tanière.

Loann était épuisé, tant physiquement qu'émotionnellement. Il ne savait plus où il en était. Il ne savait plus s'il était béni de Dieu ou protégé par la Déesse de la forêt dont lui parlait sa mère autrefois, quand il était enfant... Ses membres durcis sous le poids du loup lui faisaient mal. De la Fille devant lui montait une atroce odeur sauvage. Elle était repoussante. Elle ralentit enfin et désigna du bras un escarpement de terrain.

– Nous sommes arrivés, dit-elle de ses yeux qui ne souriaient jamais. Elle n'avait sans doute jamais vu un sourire. Aucun visage humain ne s'était penché sur elle. Loann, attendri à cette pensée, lui adressa de tout son cœur son plus beau sourire. La Fille Loup le regarda, interdite.

Loann sentait soudain l'envie d'être son protecteur, de l'aider encore. L'un poussant, l'autre tirant le loup, tant bien que mal ils pénétrèrent à quatre pattes dans la tanière, qui servait de gîte à la meute, par un orifice de terre et de roche qui s'ouvrait peu à peu sur une grotte naturelle sombre. Le sol était jonché d'herbes et de branchages secs. Loann percevait qu'il était le seul humain à avoir eu ce privilège. Il ressentit à ce moment-là le même respect que quand, tout petit, il entrait dans l'église du village. La tanière était un endroit sacré. « Je n'en révélerai jamais le secret. » Il regarda la Fille Loup pour le lui dire. Leurs yeux s'étaient habitués à l'obscurité. Elle le comprit.

Le loup frissonnait. Il avait de la fièvre.

– Il faudrait de l'eau, dit Loann tout fort, en tirant de sa besace son écuelle de bois.

La Fille lui tapa sur le bras et lui fit signe de le suivre. Non loin de là le ruisseau coulait, paisible, bordé d'iris jaunes. Une petite bergeronnette sautillait de pierre en pierre.

Tous deux se désaltérèrent. Loann nettoya ses morsures. Il en profita aussi pour manger du cresson car les forces lui manquaient. Maintenant qu'il pouvait se détendre, il mesurait pleinement son épuisement. La Fille le regarda faire, puis elle aussi retira l'herbe de l'eau et la porta à sa bouche. Loann sourit de nouveau, se demandant si c'était la première fois qu'elle en goûtait. La Fille le regarda et timidement, avec hésitation, pour la première fois de sa vie, esquissa une grimace de sourire... « Alors les hommes du village aussi aiment l'herbe de la rivière ! » se dit-elle, amusée.

Loann fit plusieurs allées et venues entre le ruisseau et la grotte car le loup fiévreux avait très soif. Il nettoya aussi les blessures. Revenu près du cours d'eau, il parcourut du regard les herbes et les feuillages, cherchant dans la nature l'aide à la survie que sa mère lui avait enseignée. Adressant une pensée à la paysanne qui aurait été fière de son fils, il cueillit des feuilles de bouleau et en fit un cataplasme qu'il plaça sur la blessure du loup. Puis il se laissa tomber sur la litière, contre le flanc chaud de l'animal. Dans un demi-sommeil, il vit la

Fille faire plusieurs tours sur elle-même à quatre pattes puis se laisser tomber contre son dos à lui. Il se dit qu'il se sentait étonnamment bien chez les loups, en confiance. Il n'était plus si incommodé par l'odeur. Leurs souffles réchauffaient l'air humide de la grotte et bientôt tous les trois s'endormirent.

À la nuit tombée, Loann se réveilla et quitta la tanière. Il était désorienté. Il ne savait plus où il était. Le plus simple serait de suivre le ruisseau pour retrouver le village. Son eau clapotait, chatoyait quand elle réussissait à capter la lumière du crépuscule à travers des percées de ciel entre les arbres moins denses. Il réalisa bientôt que la Fille Loup le suivait. Elle le prit par la manche et le tira dans une autre direction. Il la suivit sans hésiter. Tous deux cheminèrent dans la nuit. Elle avançait à sa manière animale, un peu voûtée, faisant régulièrement effort pour se redresser.

Ils marchèrent longtemps. Un des loups, le noir, s'était joint à eux et les accompagnait à distance. Loann avait repéré ses yeux phosphorescents dans l'obscurité. Peu à peu, Loann redevint familier avec les arbres et les fourrés. Ils approchaient du village. Le sommeil lui avait fait du bien. Il avait retrouvé ses forces, même s'il sentait son cœur battre dans son bras blessé qui le faisait souffrir. Dans le ciel brillaient la lune et l'étoile du berger. Au loin, les chants des moines montaient dans la nuit, et retombaient en bénédiction sur leurs têtes.

À l'orée du bois, en deçà de la clairière des défrichements, deux ombres de loups montaient la garde. Les bêtes se tenaient assises sur leur train arrière, à côté d'une forme allongée. En confiance, Loann n'hésita pas une seconde quand il vit que la Fille se détournait de sa direction pour s'approcher d'eux. Il accéléra le pas derrière elle, et ce qu'il vit remplit son cœur d'une reconnaissance indicible. Les loups avaient traîné la carcasse de son cerf jusque-là, en geste de gratitude.

CHAPITRE 2
AIDLINN ET LA RECLUSE

Aidlinn posa le pied sur la marche de pierre claire, poussa la lourde porte neuve de bois poli, passa sous le double arc sculpté et fit ses premiers pas dans l'obscurité. Un subtil parfum de cire d'abeilles et d'encens embaumait l'air noir et humide, mêlé à des odeurs de moisissure. Son cœur battait de peur devant son audace. C'était la première fois qu'elle pénétrait dans le sanctuaire de l'ennemi. Depuis son enfance, sa mère lui empêchait tout commerce avec les chrétiens, et particulièrement avec ceux des deux villages voisins des marais qui étaient le domaine des guérisseuses. Les églises des deux bourgs étaient pour elle territoire interdit.

Aidlinn gardait des souvenirs grandioses des cathédrales chrétiennes, dans les villes où sa mère la menait parfois avec elle pour son commerce. Elle se souvenait de chantiers colossaux, d'échafaudages périlleux grimpant le long de gigantesques murs de pierre. Curieuses, les deux femmes avaient pénétré dans les sanctuaires pour s'émerveiller devant le génie des hommes qui avaient façonné les massifs piliers bariolés, les fascinantes fenêtres aux verres multicolores. Parfois des mélodies hors de ce monde naissaient des murs, chantées par des êtres invisibles...

Cette église-ci était bien plus modeste ; et pourtant elle aussi vibrait de la magie fascinante de l'inconnu. Peu à peu, l'intérieur de la bâtisse sortait de sa nuit et se révélait à son regard enfin habitué à la pénombre. Aidlinn baignait dans une atmosphère irréelle de bleus et rouges filtrant à travers les petits vitraux transpercés par les lumières mourantes du soleil crépusculaire.

La jeune fille trébucha et se tordit la cheville. Elle n'avait pas remarqué les deux marches qui la séparaient de la nef, toute prise par la féerie du lieu. Intimidée, elle avançait en boitant, à pas lents et craintifs dans l'allée centrale, entre les bancs de bois, le regard attiré par les colonnes aux couleurs vives, pareilles à d'énormes tiges en haut desquelles étaient éclos, tels des boutons de fleurs, des chapiteaux sculptés d'une beauté simple et naïve. Elle s'assit sur un banc, hypnotisée par une scène : un jeune homme inexpressif au manteau bleu plissé posait ses mains liées mais pleines d'assurance sur la tête d'un animal à la longue crinière rouge et aux dents acérées. Quelle légende se cachait derrière ce personnage ? Plus loin, en haut d'une autre colonne, un homme à genoux tendait en offrande dans ses mains une petite église.

Aidlinn avait toujours envié les enfants du village qu'elle contemplait parfois de loin, derrière les buissons, rassemblés sur le parvis autour du prêtre qui pointait du doigt les sculptures de la façade et instruisait les petits sur les légendes chrétiennes. Enfant, elle avait tant voulu faire partie du groupe. Mais en même temps déjà, elle se sentait supérieure à tous car serfs comme vilains étaient ignorants, comme le lui rappelait sa mère ; y compris le prêtre qu'ils regardaient comme un Dieu. Aidlinn était la seule à savoir lire. Elle connaissait le latin, le grec, s'initiait à l'arabe. Sa mère avait parcouru la terre, connu les pays lointains qu'elle faisait vivre devant elle, pendant leurs soirées de solitude à deux, leurs journées de cueillette, pendant leurs marches nocturnes le long des chemins pour aller vendre les plantes médicinales et les champignons rares dans les grandes villes lointaines. Ces paysans craignaient la mère et la fille. Et Aidlinn les méprisait tous. Sauf un... sa raison d'être dans cette église.

La jeune magicienne se demandait pourquoi elle était attirée par Loann, ce paysan qui ne savait pas lire, elle qui avait une éducation si étendue. Jamais ils ne pourraient s'entendre. Jamais ils ne seraient égaux... Mais déjà elle rêvait de l'initier, de l'élever jusqu'à elle, de lui enseigner les langues, les secrets... Elle pressentait l'envie d'apprendre du jeune homme qui avait trouvé en lui-même assez de rébellion pour quitter les préparatifs de la fête et revenir de la forêt chargé de mystère avec un cerf interdit...

Elle avait attendu la fin de la journée pour aller voir la recluse et espérait lui parler par la fenêtre extérieure du reclusoir. Mais un groupe de villageois était justement en train d'apprêter le cerf de Loann pour la fête non loin de là. Le jeune homme, ce jour-là, était le centre d'intérêt et l'objet de questions qu'elle n'arrivait pas à entendre. Son port était fier. Elle l'avait senti comblé, enfin. Elle s'était éloignée sans se faire remarquer, à son habitude, car elle ne pouvait se résoudre à être vue de tous en conversation avec la recluse. Elle avait donc dû pénétrer dans l'église, pour la première fois de sa vie, parce qu'il y avait, apparemment, une autre fenêtre qui permettait de parler à la femme depuis l'intérieur de l'édifice. Aidlinn avait attendu un long moment que l'église soit vide. Il ne fallait pas que sa mère apprenne sa visite par quelque client étonné venu quérir des simples. La nuit allait bientôt tomber.

Aidlinn rassembla tout son courage pour affronter la Sainte, comme on l'appelait dans les environs. Elle allait enfreindre une autre des règles de sa mère, pour la deuxième fois, cette fois-ci en adressant la parole à l'ennemie. Mais c'était pour une cause chère à son cœur. Si la femme était sainte, si elle irradiait la puissance de l'amour, comme le demandait le grimoire, un seul de ses cheveux transformerait la potion en philtre d'amour.

Les yeux de la fille s'élevèrent jusqu'à la voûte qu'elle découvrit chargée de peintures rouges, vertes, jaune orangé et blanches. Tant d'hommes la regardaient de haut, drapés de tuniques plissées. Sur une table peinte étaient posés un gobelet et un pain. Un homme barbu, aux cheveux longs, la tête entourée d'un cercle rouge, une grosse clé pendant de deux de ses doigts, posait sur elle un regard vide. Aidlinn attrapa les pans de sa cape marron qui avaient glissé au sol et s'en recouvrit la tunique jaune et les bras. Elle sentait le froid humide pénétrer en elle. Plus loin, un drakkar à plusieurs étages, flottant sur des ondes pointues, rassemblait des paires d'animaux de toutes espèces dont les têtes naïves sortaient par les fenêtres. Une femme saisissait le fruit d'un arbre sur le tronc duquel était enroulé un serpent.

Plus loin, une femme enceinte écrasait du pied un serpent-dragon qui crachait le feu. Des créatures ailées vêtues de voiles blancs vaporeux semblaient la protéger. Aidlinn, fascinée, s'arracha à sa lecture. Au centre de l'église, vacillait une petite flamme. À la gauche du transept, Aidlinn discerna une ouverture sombre et étroite dans le mur. Le moment était venu. Elle se leva.

Au-dessous de la fenêtre, se trouvait un tabouret et, au sol, une petite cloche, des offrandes de fleurs séchées et des traces de cire. Aidlinn, déçue, réalisait que l'épaisseur du mur massif de l'église la séparerait du corps de la recluse... Elle frappa sur la pierre pour indiquer sa présence et attendit. Rien ne bougea. Elle se racla la gorge et le son résonna en un écho intimidant à travers l'édifice. Elle n'osait s'asseoir. Au bout d'un moment, elle se décida à sonner la petite cloche. Un bruit se fit entendre du fond du reclusoir. Quelqu'un se leva et s'approcha de l'ouverture. C'était Elle !

Aïdlinn écarquillait les yeux de curiosité mais ne réussit à discerner qu'une forme mince et grise, qui s'assit de l'autre coté du mur. La femme demeurait silencieuse. La jeune fille se demandait s'il y avait une incantation chrétienne habituelle ou un rituel d'usage pour la circonstance. Son cœur battait. Le silence durait et risquait de devenir embarrassant. Elle se lança :

– Je suis de passage dans les environs... J'ai entendu parler de vous... Votre réputation...

Dans la pénombre, la recluse qui n'avait plus de très bons yeux cherchait à deviner la détresse de l'âme de l'autre côté du mur.

Aidlinn réalisa que la démarche d'approche allait être plus difficile que prévu. Elle décida de s'asseoir. Ramassant de chaque main les pans de sa cape qui avaient glissé à terre, elle les renvoya sur elle pour s'en couvrir les genoux et dissimuler le jaune de la robe. Les parfums de jasmin et d'encens capturés dans les plis du tissu s'élevèrent autour d'elle et traversèrent en un léger filet d'air la fenêtre de la recluse. La vieille femme se raidit sous l'impact, le cœur transpercé par les effluves exotiques. Le grand malaise si connu et tant redouté s'empara de nouveau d'elle ; son cœur se mit à battre, à l'unisson de celui d'Aidlinn... Les deux femmes attendaient, chacune espérant que l'autre prendrait la parole la première. Ce fut la recluse qui commença.

– D'où viens-tu, mon enfant ? demanda-t-elle, cherchant à maîtriser l'émotion dans sa voix.

– De la ville...

La jeune fille s'était promis de rendre l'échange aussi bref et neutre que possible. Mais la voix maternelle et douce de cette femme l'ensorcelait déjà... Les animaux la contemplaient du plafond... Malgré elle, une question s'échappa de ses lèvres :

– Qu'est-ce que c'est, l'histoire de ce bateau avec tous ces animaux ?... Je ne sais rien de votre religion...

À peine surprise, la recluse, tendue et attendrie à la fois, commença :

– Il était une fois un homme qui s'appelait Noé...

La jeune fille redevenue enfant écouta, pendue aux lèvres de la narratrice qui, elle aussi, se prenait au jeu. « Noé était un homme très bon, respectueux de Dieu... »

Quand l'histoire fut finie, la fille en redemanda encore.

– Parlez-moi de cet homme et du dragon rouge, dit-elle, en montrant du doigt la fleur de chapiteau.

Alors la recluse raconta l'histoire de Saint Daniel dans la fosse aux lions. « Il était une fois un jeune esclave. Il vivait dans la ville lointaine de Babylone... ».

– Est-ce que ce sont des vraies histoires ou des légendes ? Aidlinn se prit-elle à demander.

– Ce sont de vraies histoires. Mais, tu sais, avec le temps, même les vraies histoires prennent la couleur des légendes...

La porte de l'église battit. Quelqu'un avançait dans la nef. Une ombre s'assit et entra en prière, sans chercher à voir ce qui se passait du côté de la recluse. Aidlinn retrouva son calme et se concentra de nouveau sur les histoires chrétiennes. La curiosité l'enveloppait devant ce professeur imprévu à la grande patience, à la grande bonté, si différente de sa mère...

La recluse, étonnée devant cette jeune créature inattendue, à la fois mûre et enfantine, devant cette âme à la fois curieuse et effrayée, continuait son histoire, le cœur paradoxalement calme et en émoi. La fille l'écoutait avec un plaisir grandissant. La recluse ne poserait pas la question primordiale « Pourquoi es-tu venue me voir ? ». Elle avait tout le temps du monde...

Les minutes passaient... « Le lion, tel un loup gigantesque, se jeta sur Daniel. La foule hurla. L'homme et la bête roulèrent à terre dans la poussière de l'arène... Et l'animal, reconnaissant son ami, le dévora de caresses et de baisers, sous les regards émerveillés de la foule qui criait au miracle... »

Aidlinn, haletante, réalisa soudain l'incongru de cette scène irréelle : elle était tombée sous le charme de la magicienne chrétienne ! Que cette femme était puissante ! La colère l'envahit soudain car elle s'était laissée distraire. La femme avait réussi en quelques mots et par son ton charmeur à l'attacher à elle ! Elle se raidit et se força à revenir à son but initial : s'approcher physiquement de la recluse.

– Je suis à la recherche d'un talisman chrétien puissant car j'aime un garçon très différent de moi. Je voudrais qu'il m'aime, s'entendit-elle dire, contre son gré. La colère monta de nouveau en elle. Comment avait-elle pu révéler ainsi la vérité de ses sentiments à une inconnue, à l'ennemie !

La recluse fut parcourue par un frisson. Le fil ténu qui la reliait à la jeune inconnue venait de se rompre de façon inexplicable ; la femme le sentait subitement. La fille la regardait maintenant sans la voir. La recluse comprit instinctivement que la fille était là pour une raison inavouable ; elle se sentit peu à peu envahie par la peur, une peur viscérale. Elle voulut rejeter la fille, la faire fuir immédiatement. Cette petite faisait partie de l'ancienne religion. La recluse appela au secours Marie, la mère de Dieu, dont elle n'avait pas eu le temps de raconter l'histoire. Elle s'efforça d'apaiser son angoisse, domina sa peur du danger et répondit avec toute la maîtrise de sentiments dont elle était devenue capable, après des années de solitude et de concentration.

– Tu sais... Mais, comment t'appelles-tu ?

– Aidlinn…

Encore une fois, la femme avait réussi à lui soutirer une information !

– Tu sais, Aidlinn, Il n'y a pas de talisman chrétien.

– …

– Un talisman chrétien est une chose qui n'existe pas… Mais je vais te donner quelque chose de plus beau. Quelque chose qui te donnera de l'espoir si un jour tu es triste, si ton amour est déçu.

La recluse prit une inspiration profonde, emplissant lentement son ventre puis ses poumons d'air parfumé, et elle se mit à chanter, de sa vieille voix mûrie par la souffrance et le pardon. Un hymne à Marie s'éleva, s'échappa de la petite fenêtre, atteignit de plein fouet Aidlinn et monta jusqu'à la voûte de l'église. La recluse chantait, et en même temps envoyait un appel au secours silencieux à la Mère du Seigneur. Elle avait peur. Mais plus pour elle. Elle avait peur pour Aidlinn…

La fille se sentait enveloppée, soulevée et bercée par cette voix qui pénétrait dans les fibres de son être. Elle se sentait fondre littéralement. Une insupportable douceur l'envahissait pour la première fois de sa vie. Elle ferma les yeux, comme prête à s'endormir. Elle voulait se laisser aller, ne faire plus qu'un avec la voix de la femme.

La paix regagnait aussi peu à peu la recluse. Elle se pencha plus près de l'ouverture, désireuse que sa voix porte aussi loin et aussi haut que possible, qu'elle s'envole jusqu'aux voûtes et en redescende le long des murs pour envelopper la jeune fille de vibrations d'amour et de compassion, pour contrecarrer les puissances négatives qu'elle percevait à l'œuvre.

Aidlinn vit le corps de la recluse se rapprocher d'elle. Elle se remémora l'avertissement de Morgen, le « dangereux pouvoir de séduction des martyrs chrétiens ». Or, cette femme n'était rien d'autre qu'une martyre chrétienne, une insensée peut-être, mais en tout cas une femme puissante, pour s'être enfermée à vie dans une grotte, renonçant à tout, aux couleurs du monde, et pour être encore vivante, et si forte, si magnétique, malgré les années... En un sursaut, Aidlinn s'arracha de sa symbiose musicale avec la recluse, bondit du tabouret qui tomba bruyamment à terre. Son bras jaillit de la cape, se lança par l'ouverture du mur et arracha d'un coup de griffes crochues une maigre poignée de longs cheveux gris de la recluse. Le chant se transforma en cri de douleur et de terreur qui résonna pendant un moment interminable sous la voûte. Des frissons d'horreur parcouraient la recluse de la tête aux pieds, tandis qu'un pas de course s'estompait sur les dalles de pierre de l'église.

CHAPITRE 3
LE SPECTRE

Onze coups de cloche lointains et sourds résonnent dans la nuit. Une forme blanchâtre s'élève au-dessus de l'étang, immatérielle, presque imperceptible, telle une fumée de chandelle à peine éteinte. Peu à peu, elle s'amplifie, se densifie, tout en demeurant intangible. Elle semble errer un moment, hésitante, au-dessus de l'eau, parmi les feux follets. Puis elle acquiert une forme humaine aux contours imprécis, qui se fige, en suspens...

Hypnotisé par l'eau noire, le spectre se penche sur la surface de l'étang qui se transforme en vaste miroir de son passé. Comme chaque nuit, sa vie se met à défiler devant lui en teintes grises. Il ne peut l'arrêter. Il ne peut s'y soustraire.

An de grâce 1105

Je me revois – mais... S'agit-il bien de moi, ou s'agit-il d'un autre ? – je me revois sur les remparts du château.

Le soleil noir se couche sur la terre de France. Le ciel est gris…

*
* *

Le chevalier Hélion se tenait sur les remparts du château. Le soleil d'or se couchait sur la terre de France. Le ciel était rose orangé. La nature prenait des tonalités argentées. Les marécages lointains se teintaient de mauve iridescent. L'air sentait bon les premiers feux de bois et la bouse de vache.

Peu à peu la nuit tomba. Hélion, pensif, contemplait les étoiles. Les oiseaux s'étaient tus car le soleil avait disparu. Dans le ciel, Vénus et la lune étaient proches, ce soir-là. L'or n'était plus. Restaient l'argent et le cuivre.

Quatre années s'étaient passées depuis le retour glorieux du Pèlerinage armé. Les péchés avaient été lavés dans le sang des infidèles et les soldats sales et épuisés s'étaient baignés dans l'eau du Jourdain. Certains des croisés qui avaient survécu au grand voyage s'en étaient retournés chez eux et avaient repris leur vie d'avant. Le chevalier Hélion avait retrouvé Aénor, sa dame, qui l'avait attendu pendant ces longues années, aidant à administrer le domaine avec les frères et sœurs aînés, les oncles et tantes de la grande famille. Les enfants n'étaient pas venus transformer l'homme en père. L'ennui s'était installé. Le cœur du chevalier était toujours en voyage. Il n'appartenait plus à son fief ; il était en perpétuelle insatisfaction. Son esprit vagabondait de nouveau sur les chemins de l'alchimie.

Hélion marcha le long du chemin de ronde, s'accordant encore quelques instants d'hésitation. Puis, sa décision prise, il descendit d'un pas impatient les marches de pierre qui le menèrent au niveau inférieur et décrocha du mur la torche graisseuse. À longues enjambées, il avançait maintenant avec détermination vers une tour d'angle dont la porte de bois gris montrait les signes des attaques du temps. Il tira de sa poche une lourde clé froide et la glissa sans hésitation dans la serrure qui résista un moment, ayant grand besoin d'être graissée. Hélion poussa le battant grinçant et pénétra dans son antre, déserté depuis des années. Tout était demeuré comme il l'avait laissé avant son départ. La solide table de chêne, les bancs, étaient recouverts d'une couche de poussière. Les alambics, les tubes de verre aussi. Des toiles d'araignée qui pendaient du plafond et des angles de la pièce, se balançaient maintenant, déchirées par le courant d'air nouveau qui entrait par la porte ouverte.

Hélion, le cœur battant, se sentait porté par un enthousiasme renaissant. Comment avait-il pu négliger ses recherches pendant toutes ces années... Que de temps perdu, bêtement ! Les codex... Dans quel état ils devaient être... Il approcha la torche des étagères. Quel gâchis ! Corpus Jabirianum, le si précieux, avait les pages collées par les moisissures. Il était trop tard pour le livre. Hélion sentait venir l'envie d'un grand feu de cheminée, de crépitements de bois, pour faire revivre son antre, pour revoir les murs palpiter à la lueur salvatrice du feu. Qui, dans les environs, pouvait bien connaître Geber ? Lui faudrait-il aller jusqu'à la grande ville pour se réapprovisionner en codex ? Le souffle court, Hélion frémissait d'impatience, d'enthousiasme retrouvé. Il avait de nouveau une bonne raison pour courir le monde. Si ce n'était la chanson du vent qui sifflait dans ses oreilles, il aurait pu entendre le sang pulser dans ses artères.

Jeune, il s'était beaucoup consacré à la transmutation des métaux vils en or ou en argent, sans jamais y parvenir. Depuis, il avait vu souffrir tant d'hommes, de femmes, d'enfants, d'animaux aussi pendant le voyage... Il voulait se replonger dans la science d'Ibn Sina, Avicenne. Il avait instinctivement envie de se consacrer à la Panacée, la médecine universelle – il n'osait encore s'avouer à lui-même qu'il voulait chercher l'élixir de longue vie. Hélion se posait encore plus de questions sur Dieu et sur la religion chrétienne, depuis ses contacts avec tant de gens fascinants de tant de religions du monde, avec tant de gens sans religion aussi. Il avait envie de penser par lui-même. Il avait acquis assez de maturité pour ne plus en ressentir de culpabilité comme autrefois. Il devenait son propre Dieu. Il n'avait plus peur des idées. Il n'avait presque plus peur des mots non plus. Il s'envolait. Il pensait déjà à la transmutation de l'âme...

Le lendemain, Hélion partit à cheval en direction des marais.

Il pataugeait depuis une heure entre les joncs à la recherche du gué, tirant son cheval réticent derrière lui, tâtonnant des pieds dans la vase. Ses bottes avaient pris l'eau.

– Après les marécages vous trouverez la caverne. Elle est creusée dans les falaises. Prenez garde à vous, Chevalier, car l'eau est traîtresse. Et si vous arrivez sain et sauf, prenez garde à votre âme...

Hélion avait regardé le vieux serf s'éloigner avec une légère inquiétude. C'était la troisième fois qu'on le mettait en garde contre l'Enchanteresse. Les prêtres avaient accompli un remarquable travail de domination des âmes, se disait-il avec amertume. Tous les hommes craignaient Dieu. L'Église était pratiquement le seul point de référence depuis des siècles maintenant... Il était vrai qu'elle avait bien rempli son rôle, quand le pouvoir politique s'était effondré. Il était vrai que les populations envahies par les barbares avaient eu besoin d'espoir au milieu de leur désespoir. Pendant les longues veillées, allongé sur les peaux de bêtes, Hélion avait écouté les trouvères chanter avec émoi les batailles, les horreurs commises par les Hongrois, les Vikings et les Maures. Et avant ces barbares, il y en avait eu d'autres... Puis les invasions s'étaient arrêtées. C'était pour le pays comme une nouvelle naissance. Mais voilà que les chrétiens eux-mêmes avaient perpétré des actes tout aussi atroces, hypnotisés qu'ils étaient par les dangereux sermons d'un fanatique au charisme magnétique, et bénis par un pape. Il était temps que les choses changent. Il était temps que les hommes se libèrent de la religion, de la superstition, des faux prophètes, et qu'ils pensent par eux-mêmes.

C'est dans cet état d'esprit qu'Hélion parvint à la grotte, passa sous les branches du vieux pommier chargé de fruits, et se laissa séduire par Morgen.

– Je te propose un marché, lui dit la magicienne. La première condition est le secret.

Le cœur d'Hélion se mit à battre. Il se remémora en un instant les yeux bleus rougis du vieux serf dont les paroles d'avertissement résonnaient encore à ses oreilles.

« Prends garde à ton âme ! ». En Hélion, à cet instant là, se confrontaient l'homme ancien qui craignait Dieu, et l'homme moderne, avide de connaissance, désireux de devenir son propre Dieu. La femme devant lui était d'une grande beauté. Quel âge avait-elle ? Il n'aurait su dire... Il émanait d'elle une séduction infinie qui allait bien au-delà des charmes du corps ou de l'esprit. Elle le regardait et lisait ses pensées. Elle lui sourit.

– Tu es libre, dit-elle. Libre d'accepter ou de refuser.

Hélion attendit quelques secondes en silence, des secondes de recueillement devant l'abîme de connaissance qui allait s'ouvrir à lui grâce à la sorcière. Car il avait déjà choisi. Il avait choisi depuis longtemps, depuis l'incendie dans l'église de Rouen, depuis les feux devant Antioche, depuis le moment où, les pieds dans les mystérieuses ornières de pierre qui s'interrompaient sur les falaises de Malita, il contemplait la mer en se demandant d'où venaient et où allaient les hommes...

– J'accepte !

Morgen, face à lui, ferma les yeux et se recueillit à son tour. L'absence de regard la rendait intemporelle. Ses traits étaient réguliers et purs. Sous sa chemise violette sa poitrine se soulevait et s'abaissait au rythme régulier et lent de sa respiration. Hélion l'observait, refusant d'avouer ses craintes. Étonnamment, il n'émanait d'elle ni le bien, ni le mal.

– En échange du savoir du monde, je te demande ton troisième enfant.

L'homme tressaillit et pâlit.

– Je l'adopterai. Ce sera mon enfant. Il ne connaîtra que moi. Je l'élèverai et je lui transmettrai mes connaissances. Je serai sa mère.

Hélion reprenait pied peu à peu. Son cœur s'apaisait. Que craignait-il donc, puisque sa femme était stérile… Il douta un instant des pouvoirs de Morgen, puisqu'elle n'avait pas su discerner le malheur de leur couple. Et même si sa femme devenait grosse, il y avait peu de chance qu'à son âge déjà avancé, elle atteigne le nombre de trois enfants ! Il sourit en lui-même, et prononça les paroles fatidiques :

– J'accepte.

– Qu'acceptes-tu ?

– Je te donne mon troisième enfant.

La tisane avait un goût étrange. Hélion l'absorba sans hésitation, goulûment. Puis, suivant les directions de la magicienne, il s'étendit sur une peau d'animal à la douceur inconnue. Ses mains caressaient la fourrure, et il s'entendit lui en demander l'origine.

– Tu dors sur une peau de singe. Le singe est l'ancêtre de l'homme, répondit-elle, entamant par cette révélation le cycle initiatique de sept jours pour lui transmettre la Connaissance.

Hélion la regarda avec des yeux inquisiteurs, déjà embrumés par la drogue. Elle alla lui chercher un codex dont elle tourna les pages raides, pour s'arrêter sur un petit animal inconnu, poilu, à la très longue queue recourbée.

– Je m'étonne que tu n'en aies pas vu dans tes voyages ! lui dit Morgen.

Hélion caressait de son doigt incrédule le petit animal coloré de marron et sentait un rire irrépressible monter en lui comme une vague.

– Alors je t'offre mon troisième enfant pour m'entendre dire que mon ancêtre est une bête ! s'esclaffa-t-il d'un rire anormal, en roulant sur le dos. Il tapait maintenant des pieds et des mains sur son « ancêtre ». Puis il roula sur le côté et, réalisant tout à coup que Morgen était à genoux à côté de lui, il empoigna par la taille la belle femme si fascinante, tellement plus attirante que son épouse, aigrie par les années passées à attendre l'enfant qui ne venait pas. Morgen sursauta et se dégagea vivement de son emprise, jetant sur l'homme séduisant aux muscles durs un regard d'indifférence.

C'est alors que le chevalier commença son grand voyage de découverte solitaire...

Hélion flottait dans la nuit des temps, avide de savoir. Son être tout entier fut lentement attiré par une force qui le happa, le concentra douloureusement sur lui-même, puis l'explosa en une fraction de seconde dans toutes les directions. Il se retrouva au centre d'un orage d'énergie pure qui le transforma en poussières de chaleur évoluant à une vitesse indescriptible. Ce voyage durait, durait pour l'éternité... Le temps ne passait pas car le temps n'existait pas... Hélion flottait maintenant dans un brouillard laiteux qui peu à peu laissa filtrer la lumière, pour se transformer ensuite en explosions lumineuses qui brillaient et fusaient dans toutes les directions. Hélion se retrouva entouré d'étoiles, de milliards d'étoiles qui tourbillonnaient telles des toupies célestes entre des gouffres noirs insondables. Il se mit à avoir froid, de plus en plus froid. Les étoiles commencèrent à reculer, puis à s'éloigner de lui à toute vitesse pour se perdre dans la nuit des temps... Hélion eut peur. Il aimait les étoiles... Soudain il se sentit happé par le monstre du vide obscur dévoreur de la glaise dont il était fait. La fin était proche. Commença alors la bataille cosmique de la matière et du néant... Hélion hurlait de la douleur primordiale de l'être qui allait être annulé... Le temps était en suspens...Il se sentait rétrécir, concentré sur lui-même... La densité de son être lui procurait une douleur indescriptible... Il allait disparaître. C'était la Fin. Soudain il se sentit exploser en une fraction de seconde dans toutes les directions, et se retrouva au centre d'un orage d'énergie pure qui le transforma en poussières de chaleur évoluant à une vitesse indescriptible. Ce voyage durait, durait pour l'éternité... Le temps ne passait pas car le temps n'existait pas... Hélion flottait dans un brouillard laiteux qui peu à peu laissa filtrer la lumière...

*

* *

Hélion passa le pont levis à la course et descendit de cheval dans la cour du château. Il confia les rennes du destrier au palefrenier qui accourait à son service, et fut tout surpris de voir apparaître devant lui sa femme Aénor, les joues rougies, essoufflée d'avoir descendu vivement les marches de la tour pour l'accueillir à son retour de voyage. Hélion se sentit gagné par la panique :

– J'attends un enfant, dit Aénor, un sourire radieux aux lèvres.

Minuit sonne dans le lointain. Le spectre se dissout dans la nuit…

LIVRE 4

DANGER

CHAPITRE 1
LOANN ET L'ENCHANTERESSE

La chasse, c'est bien beau ! Mais tes habits sont complètement tachés de sang. Je n'arriverai pas à les ravoir, avait dit la vieille serve à son fils. Il me faut de la saponaire...

– J'irai t'en chercher demain matin, promit Loann avec ennui.

L'échange entre la mère et le fils s'arrêta là. Il allait rarement au-delà de l'utilitaire. La mère le regardait humblement, consciente de son impatience. Le fils était en colère après lui-même, sachant qu'il n'avait aucune raison de la mépriser, et s'en voulant de le faire. Il n'avait pas pu se résoudre à lui confier l'aventure extraordinaire qui lui était arrivée... Il sentait qu'il devait garder ce souvenir sacré enfoui dans son cœur.

Le petit jour pointait déjà. Loann fut réveillé par la claudication irrégulière des sabots de la paysanne qui devenait de plus en plus boiteuse avec ses douleurs. Il s'étira, se dressa de sa paillasse et enfila ses bottes froides à la lueur du feu de cheminée. De petits nuages de vapeur naissaient de sa bouche à intervalles réguliers car il était encore tôt et le soleil n'avait pas eu le temps de réchauffer la terre. La mère, au sommeil parcimonieux de femme âgée, était levée depuis un moment et les flammes léchaient les rebords noirs du chaudron pendu à la crémaillère. Une odeur de fèves et d'oignons réchauffait l'atmosphère.

Son repas matinal prestement avalé en silence, Loann attrapa sa besace et quitta la chaumière en direction du nord. Il comptait faire l'aller-retour en deux heures en marchant vite, et il serait rentré à temps pour les derniers préparatifs avec son équipe avant la fête du Mai, qui aurait lieu le lendemain. Au-delà des marais se trouvaient les falaises, exposées plein sud. Les saponaires aimaient la chaleur et la sécheresse. S'il ne trouvait pas de rhizomes au pied de la roche, il en serait quitte pour un peu d'escalade.

Les paysans n'aimaient pas s'aventurer dans les Prés Maudits mais cela inquiétait peu Loann. Avec l'âge, il aimait de plus en plus les défis. Il aimait aussi l'odeur de la vase. Il cheminait dans la tourbière enveloppée de brume, avançait sur l'herbe crissante gorgée d'eau et couverte de rosée. Il contournait les étangs à peine éveillés, faisant jaillir sous ses pas des vols bleu sombre de poules d'eau, des gerbes de grenouilles brunes et des senteurs de menthe. Puis sa marche se fit plus lente. Ses pieds enfoncèrent peu à peu dans l'eau traîtresse, tâtonnant pour suivre le gué, évitant habilement les profondeurs dangereuses des marais.

Il atteignit les falaises de craie après plus d'une heure à batailler avec l'eau dormante, et il commença à longer l'abrupt calcaire vers l'ouest. Le sol à ses pieds était en pente légère, bien drainé. Le climat particulier qui s'y était développé était plus chaud qu'aux alentours. Loann trouva assez rapidement quelques pieds de saponaire d'où pointaient déjà les premières fleurs d'un blanc rosé laiteux, en avance sur la saison. Il s'agenouilla pour arracher les rhizomes, mais ceux-ci lui résistèrent, profondément accrochés à la terre. Il sortit son couteau et se mit à creuser autour des pieds pour les extraire. Puis il avança de quelques pas et recommença sa tâche. Le soleil qui montait dans le ciel lui réchauffait le dos de sa caresse. Il continua à longer la falaise et atteignit un espace dégagé incliné qui descendait en pente douce jusqu'à un étang à l'eau tentante. Sa besace était pleine et il n'avait pas pris de bain complet depuis des semaines. L'envie de s'y plonger le prit.

Il se déshabilla et entra dans l'eau. Il s'attendait à plus froid et fut agréablement surpris. Une belle journée se préparait. Il se frictionna vivement le corps avec des tronçons de racine broyés sur une pierre du bord, et sa peau fut bientôt couverte d'une mousse savonneuse verdâtre. Loann frotta longuement et énergiquement pour se nettoyer et combattre le froid qui le gagnait. Une fois rincée, la peau réapparut, rougie et luisante de propreté. Il prenait plaisir au jeu. Il plongea la tête dans l'eau et se frictionna plusieurs fois les cheveux, gagnant en légèreté à chaque rinçage.

Soudain, un rire cristallin l'interrompit dans ses ablutions.

– Ne penses-tu pas que tes habits aussi auraient besoin d'un bon nettoyage ?

Saisi de surprise et honteux d'être découvert en position d'infériorité, couvert de mousse verte et de ridicule, il se retourna et discerna une silhouette noire en contre-jour devant le soleil. La taille était fine et la voix jeune. Mais le ton était mûr. La dame avança vers lui et se révéla dans toute sa splendeur. Sa beauté était exceptionnelle, et ses habits les plus extraordinaires que Loann ait jamais vus. Elle était vêtue d'une superposition de chemises de soie brodée aux motifs multicolores et d'une cape étrange bordée de franges, aux couleurs changeantes bleu violet comme un ciel d'orage.

Loann, interdit, restait là sans bouger. Il commençait à sentir ses membres gagnés par le froid mais ne pouvait se résoudre à se présenter nu devant cette inconnue.

Elle le savait et, riante, se jouait de son embarras. Elle hésita, puis finalement lui jeta ses vêtements et lui tourna le dos pour épargner sa modestie. Loann, gêné par sa nudité, réalisa qu'il était encore plus gêné de devoir remettre des habits indignes et sales pour se présenter devant cette femme exceptionnelle, tirée des contes que les villageoises racontaient pendant les veillées d'hiver dans les chaumières. Était-elle un elfe dont parlaient les légendes anciennes ? Appartenait-elle au peuple vert des bois ? Il aurait donné son beau cerf en offrande au Dieu des forêts pour avoir des vêtements présentables.

La femme lut dans ses pensées.

– Suis-moi, et je te donnerai des habits dignes de ta beauté.

Loann rougit. Il s'agissait d'un compliment sans équivoque. C'était la première fois de sa vie qu'une femme –

et quelle femme ! – faisait référence à son apparence physique de façon flatteuse. On s'était tant moqué de lui pendant son enfance, on avait tant méprisé ouvertement son apparence malingre qu'il avait du mal à s'imaginer autre, transformé par l'âge adulte et les travaux physiques de paysan et de bûcheron. Il restait planté sur la rive, indécis, méfiant devant cette chance inattendue et donc suspecte. La dame, souriante et aguicheuse, se retourna à demi, clignant des yeux dans le soleil :

– Qu'attends-tu pour saisir ta chance, Loann ?

Elle connaissait son nom ! Soudain, il comprit qui elle était : la sorcière des marais ! Sa demeure de troglodyte était sans doute proche. Il n'y avait aucun mystère. Il en fut rassuré, et s'élança sur ses pas parfumés.

L'entrée de la grotte participait à la féerie du lieu, couronnée de branches de pommier en fleurs. L'air à l'intérieur était chargé d'essences inconnues qui lui chaviraient le cœur. Les croisés rentrant du long Voyage avaient conté devant les villageois les parfums de l'Orient, les mille et une nuits magiques des pays lointains. Loann fit un pas vers la première de ces mille et une nuits, la nuit de l'antre de la magicienne.

Séductrice, elle l'entourait déjà de son écharpe à la texture étonnante et la faisait glisser lentement autour du cou du jeune homme, tel un serpent soyeux qui déclencha en lui un frisson de volupté. Libérant l'étoffe légère d'une main, elle la fit tourbillonner autour de ses hanches souples et commença devant lui une danse étonnante accompagnée d'une mélodie enivrante chantée de sa voix grave, dans une langue inconnue aux sonorités à la fois dures et sensuelles. Loann respirait de plus en plus vite, sentait une chaleur monter en lui... Les hanches de la femme évoluaient dans un lent tourbillon, ses bras montaient et descendaient tels des flammes de chair le long desquelles serpentait en glissant l'écharpe moirée.

Soudain, la magicienne s'interrompit.

– Ne t'offense pas, jeune homme ! lui dit-elle, d'un air faussement confus. Je suis un peu excentrique. Et j'ai beaucoup voyagé...

Incapable de répondre, Loann restait là, les bras ballants, les sens en émoi. Elle se dirigea vers un coffre de bois clouté et en retira des habits d'homme.

– C'est un voyageur qui les a laissés. Je n'en ai pas l'usage. Et ils m'encombrent. Si tu veux, je te les donne.

– Où avez-vous appris cette danse, parvint-il enfin à balbutier.

– À Constantinople... Prends-les. Je ne te retiens pas.

Loann ne savait plus quelle contenance prendre. Il regardait maintenant autour de lui. L'antre aussi lui rappelait les contes des veillés. Au sol, des tapis colorés jonchaient la terre battue ; les lits étaient recouverts de peaux de bêtes. La femme avait dit « Je ne te retiens pas. » Et lui, il désirait de tout son être qu'elle le retienne. Il avança de quelques pas vers une longue table recouverte de pots de terre remplis d'herbes, de paniers de ronces tressées pleins de champignons en cours de séchage.

– Ce sont mes herbes magiques ! dit-elle en riant. Dis les, les mots que tu as sur les lèvres. Tu crois que je suis une sorcière !

Loann fit non de la tête.

– Bien sûr que si ! Tous les paysans croient que je suis une sorcière… Viens, lui dit-elle d'un air taquin, en le prenant par la main. Je vais te montrer ma « magie ».

Délicatement, elle soulevait un à un les couvercles de glaise, lui faisait sentir les odeurs et les parfums de Mère Nature, les herbes médicinales des pays tempérés, les plantes de Méditerranée, les herbes d'Ifriqiya, les résines de l'Orient… Elle lui prit la main et y étala avec une douceur voluptueuse une graisse parfumée qui le remua jusque dans les entrailles. Les yeux dans les yeux, ils se contemplaient, hors du temps.

– Les hommes de l'Orient s'en parfument les cheveux… Et toi, tu aurais bien besoin d'une coupe qui t'avantage, lui dit-elle dans un sourire, en saisissant entre ses doigts une des mèches blondes de Loann qui s'entendit lui répondre :

– Coupez-moi les cheveux, s'il vous plaît.

Le sourire de la femme s'estompa.

– Est-ce vraiment ce que tu veux ?

La crainte du jeune homme faisait partie intégrale de son plaisir. Il fit oui de la tête, et se laissa glisser sur un tabouret, pendant que la magicienne saisissait des ciseaux dans ses mains élégantes et expertes.

Elle lui démêlait lentement les cheveux avec un peigne d'ivoire, et taillait ça et là, anoblissant le jeune homme en quelques secondes, mettant en valeur ses traits, ses yeux, observant son propre travail d'un œil de connaisseur satisfait. Elle lui tendit bientôt un miroir, luxe auquel le jeune serf n'avait jamais eu accès. Il sursauta de saisissement en contemplant pour la première fois son image, sa nouvelle image. Il était subjugué. Il se trouvait beau. Beau, mais surtout noble.

Devant la grotte, Loann s'apprêtait à quitter Morgen, ébloui par la rencontre, les yeux aveuglés par la lumière du soleil. Il promit de revenir. La sorcière le prit par la main et l'attira vers elle. De ses lèvres fermées elle se mit à fredonner un air enjoué qui rappelait à Loann les musiques des trouvères qui animaient les fêtes des villages. Puis elle le repoussa, puis l'attira de nouveau à elle, et le fit ensuite tourbillonner sur lui-même. Etourdi et éberlué, il réalisa qu'elle était en train de lui apprendre à danser ! Étonné et enchanté, il se laissait faire, plein de reconnaissance, bougeant maladroitement d'abord, puis prenant goût à la danse. Il avançait maintenant en rythme, prenant des initiatives de temps en temps, puis menant la danse à son tour, souriant et heureux.

CHAPITRE 2
AIDLINN ET LA FILLE LOUP

La Fille Loup était à l'affût, tapie dans les roseaux. Comme à son habitude, elle avait suivi Loann. Mais ce jour-là, ce n'était pas pour chasser le lièvre et disposer son offrande dans le piège du jeune homme. Le regard fixe, la tête légèrement renversée en arrière, elle humait l'air chargé d'odeurs inconnues que lui apportait la légère brise du nord. Ces odeurs lui rappelaient certains voyageurs lointains qui traversaient parfois la forêt en caravanes.

Immobile, elle observait, étonnée et perturbée. L'homme, objet de toutes ses pensées, l'homme qui avait dormi contre elle au fond de la tanière, l'homme qui avait sauvé son frère loup, oublieux des morsures infligées, venait d'entamer une danse de séduction avec une femelle humaine à l'odeur étrange. En fait c'était la femelle qui l'avait attiré dans la danse. La Fille les contemplait depuis un moment déjà, depuis qu'ils étaient sortis de la tanière de la femme. Elle se sentait possessive, jalouse, car elle avait depuis la veille le sentiment que le paysan faisait partie de sa meute. Elle l'avait suivi de loin jusqu'aux falaises où il avait arraché des herbes et s'était baigné. Puis était arrivée cette femme...

La Fille n'aimait pas cette nouvelle odeur sur Loann. Elle était offensée par le désir qu'il avait eu de se laver de son odeur à elle pour revêtir des habits donnés par cette femme. Elle était perturbée par la voix ensorcelante de la femme qui prononçait des paroles qu'elle ne comprendrait jamais et qu'elle ne pourrait jamais imiter, des paroles humaines dont elle devinait le pouvoir. Elle jalousait les bras experts de la femme qui ondulaient comme les serpents dont les morsures empoisonnées causent parfois la mort des loups. Mais plus que tout, ses poils se hérissaient car elle sentait d'instinct le danger. Elle avait acquis depuis l'enfance une méfiance des hommes, en compagnie exclusive de Première Louve, sa mère nourricière. Mais ici, il ne s'agissait pas de la peur superficielle que les loups éprouvent devant les créatures dominantes de la terre. Il ne s'agissait pas de l'étonnement des loups devant les seuls êtres terrestres capables de faire du mal gratuitement et parfois même par plaisir. Il s'agissait ici d'une autre peur : cette femme n'était pas humaine...

Soudain la Fille entendit des bruits de roseaux derrière elle et, se retournant, découvrit Loup Noir qui s'approchait aussi discrètement que possible. Que faisait-il là ? Il prenait trop de risques pour elle. S'aventurer ainsi à découvert, avec un tel pelage, sur cette zone herbeuse ! Elle paniqua à la pensée de leur double imprudence. Il la rejoignit bientôt et vint se placer contre elle, mettant son museau contre les côtes de la Fille, mi-amoureux, mi-protecteur. Il grogna imperceptiblement pour la rappeler à la réalité, tourna la tête vers le mâle humain qui la fascinait tant, jeta un œil sur la femelle humaine. Soudain, ses yeux se fixèrent sur elle et ses pupilles se dilatèrent, mangeant de noir l'iris jaune de ses yeux. Ses poils se hérissèrent, ses babines se retroussèrent, laissant voir ses crocs, mais aucun son ne se fit entendre… Ils restèrent ainsi, de longues minutes, à contempler le couple emporté par la musique de leurs voix unies dans une danse hors du temps.

*

* *

Aidlinn, lasse et abattue, avançait, les bottes dans la vase, fendant de sa tunique bariolée le tapis de joncs. Elle allait mal depuis qu'elle avait arraché les cheveux de la recluse. Aussitôt le geste accompli, elle s'était sentie submergée par un sentiment inconnu sur lequel elle ne savait pas mettre de nom, et qui s'appelait remords. Un lien s'était créé entre elle et la femme, un lien délicat et précieux comme les fils d'araignées qui volent dans le ciel de printemps, poussés par la brise, et qui se déposent où le hasard les mène. Et elle avait délibérément cassé ce lien par un geste intrusif et violent qui avait blessé la recluse. Le cri de la femme résonnait depuis dans la tête d'Aidlinn… Elle aurait voulu pouvoir revenir en arrière.

Elle avait brûlé les cheveux au pied de son peuplier, en avait intégré leur poussière au philtre d'amour et l'avait bu. Puis elle avait marché le long des sentiers aux abords de la chaumière du serf, à la tombée de la nuit, dans l'espoir de rencontrer le jeune homme, se cachant chaque fois qu'elle apercevait de loin un autre homme, pour que la potion n'agisse pas sur un mauvais destinataire.

Elle avait enfin vu Loann qui approchait de sa masure d'un pas vif. De nouveau elle s'était retrouvée devant lui, les joues en feu dissimulées par le jour mourant, et elle l'avait regardé, muette de passion. Cette fois, il n'avait même pas ralenti. Pourtant, il l'avait bien vue. Leurs regards s'étaient même croisés, comme le recommandait le grimoire. Et, comme la première fois, il avait passé son chemin. Indifférent. Elle avait compris que le philtre ne marcherait jamais. Elle savait instinctivement que ce garçon étonnant ne serait pas pour elle.

Soudain, Aidlinn s'immobilisa. Elle discernait au loin devant elle, dans les herbes hautes, un loup adulte de belle carrure, au pelage d'un noir rare et brillant ! Que faisait-il, loin de son domaine sylvestre, à découvert dans les marais ? L'aubaine était trop belle... Lentement, elle souleva sa jupe, tira de ses dessous un petit arc qu'elle gardait toujours sur elle côté cœur, et du côté droit une flèche qu'elle ajusta lentement à la diagonale de l'arc. Cette chasse inattendue allait la distraire de ses déboires de la veille, et le tannage l'occuperait quelques jours. Ce serait sûrement le plus beau trophée de sa collection de peaux qui s'accumulaient depuis plusieurs années dans son antre.

Le coup était pratiquement assuré. La bête ne l'avait pas sentie venir car la brise soufflait d'en face, et le murmure des roseaux avait dissimulé son approche à son ouïe fine. C'était un jeune loup au pelage exceptionnel, incontestablement un futur chef de meute. Il était sans doute à l'affut de la chèvre d'Aïdlinn qui paissait normalement aux alentours de la grotte. La flèche reculait lentement à la diagonale de l'arc, dans un geste mille fois accompli.

C'est alors qu'Aidlinn perçut un mouvement à côté du loup et réalisa qu'il avait une compagne... C'était une créature humaine, et en même temps bestiale, aux mouvements félins, à la chevelure hirsute couleur de terre. Ses vêtements, si on pouvait les qualifier ainsi, lui avaient servi de camouflage jusque-là. C'était probablement une femme, une femme sauvage, sans doute élevée par les loups et devenue membre de leur meute. Cette vision fascinante paralysait maintenant la jeune fille qui restait là, dans l'intimité de ce couple improbable, à les observer à leur insu. Le loup posa sa patte sur le bras de la femme qui tourna à demi la tête pour le regarder. Les bras d'Aidlinn lentement, respectueusement, s'abaissèrent. Son corps fut envahi par une douceur inconnue. Elle avait là, sous les yeux, une unité sacrée qu'elle ne se permettrait pas de détruire. Ce serait une faute grave. La veille, elle avait commis un sacrilège. Il n'y en aurait pas un second. Elle contemplait la jeune femme et la bête de toute la hauteur de son savoir transmis par la magicienne. Elle les dominait. Elle ne les tuerait point car elle était au-dessus d'eux. Elle les protégerait à leur insu. Son choix la libéra instantanément de toute la tension accumulée ces derniers temps. Elle se sentit légère, délivrée temporairement de son désespoir. Elle se sentait seule, et c'était bien ainsi.

Décidée à ne pas troubler le couple dans son guet, elle rangea l'arc et la flèche sous ses vêtements. Obliquant vers la gauche, elle fit un détour pour rejoindre la grotte, évitant tout risque de se faire attaquer par le loup qu'elle avait épargné, et se dépêchant pour protéger sa chèvre. Soudain elle se figea, interdite. Ses yeux découvraient à leur tour ce qui fascinait tant la fille et la bête : Morgen, sa mère, belle et altière, dansait dans les bras de Loann ! Loann, qu'elle reconnaissait à peine tant il était beau, changé, et surtout radieux... Elle restait là, terrassée par l'écœurement, la jalousie et la rage.

À son tour, elle s'accroupit dans les roseaux, hypnotisée, et resta à les contempler, perdant la notion du temps. Sa propre mère qui, par une longue et indiscrète insistance, avait réussi ce matin-là à lui soutirer la cause de ses langueurs et de sa mélancolie, sa mère à qui elle avait fini par confier son amour pour le jeune homme, son chagrin, ses doutes... ! Chaque geste de l'Enchanteresse enfonçait un poignard dans le cœur d'Aidlinn et la détachait peu à peu de sa mère, faisant naître en elle un désir de vengeance, d'annihilation.

Aidlinn regarda la Fille sauvage et comprit. Elles étaient sœurs... Sœurs de désespoir. L'une et l'autre aimaient le jeune homme. Aidlinn le savait d'instinct. Et le loup aimait la Fille. Et Loann était en train de tomber dans le piège de la magicienne. Rien n'était simple...

La jeune fille fit demi-tour et s'en alla errer dans la campagne.

CHAPITRE 3
LA SERVE, LA RECLUSE ET L'ENCHANTERESSE

Les têtes des fleurs tombèrent l'une après l'autre, inexorablement. Les roses rouges gallicanes à cinq pétales rejoignirent les marguerites blanches, les jonquilles tombèrent en cascade sur les jacinthes bleues. En quelques minutes, le petit jardin fut en deuil de sa beauté. Puis la serve déposa le panier tressé rempli de fleurs sur le banc moussu devant la porte de la masure et s'assit péniblement. Ses articulations la faisaient souffrir, bien qu'elle ne fût pas si vieille. Selon ses calculs, elle devait avoir environ quarante ans. Mais l'âge n'atteignait pas pareillement les serves et les dames du château. Les privations souffertes dans sa jeunesse et l'humidité ambiante dans laquelle elle vivait, avaient laissé des séquelles dans son corps. Par terre à côté du banc, un baquet d'eau savonneuse rempli de vêtements d'homme tâchés tiédissait au soleil.

La femme sortit de sa poche du fil gris grossier qu'elle enfila sur une aiguille de bois. Elle en transperça les fleurs une à une à la base des sépales et, au bout de quelques minutes une guirlande colorée et odorante glissa de ses genoux jusqu'à terre. Une fois sa tâche finie, elle se baissa pour ramasser une base de couronne déjà préparée, faite de branches volubiles de clématites, sur laquelle elle enroula la guirlande de fleurs. Elle contempla son œuvre sans un sourire, mais visiblement satisfaite. Puis elle se leva et rentra.

Elle alla ouvrir le coffre, en sortit un pot de miel et une petite bourse de cuir qui fleurait bon la cannelle. Ces denrées rares avaient été réservées pour le repas de fête du lendemain. Mais hélas, la priorité n'était plus la fête... La femme versa dans une écuelle de bois un peu de miel, de la poudre de cannelle et de l'eau chaude qu'elle but à regret, comme un médicament. Puis elle sortit un onguent gras de feuilles de cassis et d'ortie et, retournant au soleil, elle souleva sa tunique et sa chemise, et se mit à s'en frictionner vivement les genoux, l'un après l'autre. Ce fut ensuite le tour des chevilles. Ses articulations se réchauffaient peu à peu. Son corps était prêt pour la longue marche.

Essoufflée et douloureuse, la serve s'arrêta. Elle avait atteint sa première destination. Elle posa son bâton à terre dans les herbes hautes et se tint droite devant l'étang noir. Des coassements puissants de corbeaux tranchaient sur la cacophonie légère des chants d'oiseaux de toutes sortes.

– Dame des Étangs, acceptez mon offrande ! cria-t-elle en lançant la couronne qui s'envola pour retomber sur l'eau stagnante.

Elle contemplait d'un regard inquiet le domaine de la magicienne qui avait ensorcelé son fils. Les fleurs aux couleurs délicates tranchaient sur le gris de plomb de l'eau. Elle les regarda un moment, sans expression, puis s'agenouilla sur la berge au ras de l'étang, se pencha, y plongea les mains en coupe et but l'eau de la Dame Noire. Puis elle se releva péniblement, reprit son bâton et rebroussa chemin en claudiquant.

En arrivant au village, la serve croisa un groupe de petites filles qui avançaient, les bras chargés d'offrandes de couronnes de roses blanches aux pétales denses. La paysanne admirative observa les fleurs en connaisseuse : c'étaient les descendantes des roses de Damas rapportées de Jérusalem par les chevaliers. Les petites poussèrent la lourde porte de l'église, tandis que la paysanne contournait le bâtiment religieux. Il ne lui était même pas venu à l'idée d'aborder le prêtre. Pour elle, l'interlocuteur surnaturel ne pouvait être qu'une entité féminine. Elle avait très peu confiance en ce prêtre, d'ailleurs, un homme que rien ne distinguait des hommes du village et qui ne lui avait jamais témoigné aucun intérêt. Elle pensait qu'une femme pouvait mieux la comprendre. Elle se dirigea vers la Sainte Femme, comme on l'appelait au village, vers la Dame Blanche, comme elle l'appelait, elle, dans son cœur. On venait la consulter de loin.

La recluse s'approcha de la fenêtre extérieure. La fête du Mai causait toujours des émois religieux chez la population, et beaucoup d'âmes s'approchaient d'elle aux beaux jours, pour des conseils ou des intentions de prière. Elle ne se souvenait pas avoir jamais vu cette paysanne qui hésitait devant elle en se balançant d'un pied sur l'autre, visiblement en peine.

– C'est à cause de la Sorcière…

Le cœur de la recluse se mit à battre plus vite… De nouveau, les souvenirs refoulés remontèrent, qu'elle chercha à contrôler immédiatement. Cette serve était là pour recevoir de l'aide. Personne mieux qu'elle ne pouvait l'aider.

– Eh bien, parle-moi, l'encouragea la recluse.

Mais la femme était timide et gênée. Elle se sentait probablement en position d'infériorité de par son statut social servile. La recluse avait tout son temps et l'autre le savait. Finalement, la paysanne se décida.

– C'est mon fils… J'ai peur pour mon fils…

– …

– Il est tombé sous le charme de la Sorcière… Elle lui a jeté un sort. Il n'est plus le même !…

– En quoi puis-je t'aider, demanda la recluse d'une voix tremblante, faisant, comme chaque fois que quelqu'un mentionnait cette femme, un immense effort sur elle-même pour s'oublier en faveur de son interlocuteur.

La paysanne parlait décidément peu, à l'inverse des autres femmes qui étaient volontiers volubiles, pour peu qu'on les y encourageât. Elle avait aussi un accent indéfinissable qui témoignait d'une origine en dehors de la seigneurie. Il y avait des années de cela, un groupe de serfs avait été transféré de la lointaine Bretagne. Elle faisait peut-être partie de ce groupe. La recluse faisait tous les efforts possibles pour concentrer ses pensées vagabondes sur le cas de la femme devant elle.

– Parle-moi de ton fils…

– Il s'appelle Loann. Il faut prier pour lui. La magicienne l'a parfumé, elle lui a donné des beaux habits, et je sens qu'il va partir…

– Est-il possédé par le Mal ?

– … ?

– Son caractère a-t-il changé ?

– Non… Pas encore… Il m'a toujours méprisée ! Il est différent…

La recluse cherchait à rester objective, à ne pas se laisser influencer par les superstitions des paysans au sujet de la guérisseuse des Marais.

– Son regard a changé. Il cherche autre chose. Il a toujours cherché autre chose. Et la sorcière, elle le sait… Elle va me le prendre ! Aidez-moi ! Demandez à votre Dieu de m'aider.

– Qu'est-ce qui est le plus important pour toi, ta volonté ou la volonté de ton fils ?

La femme resta silencieuse. La recluse respecta son silence, consciente que la femme, comme beaucoup de paysans, avait besoin de temps pour intégrer les nuances subtiles des mots, ayant passé sa vie à utiliser un vocabulaire limité, son temps pris par les soucis de la survie quotidienne et des tâches accomplies pour le seigneur, sans stimulation intellectuelle. Son fils, Loann – ils étaient bien bretons – son fils était peut-être un garçon intelligent, porté à des questionnements propres à effrayer sa mère… Les mères avaient souvent du mal à laisser partir leurs enfants… La recluse avait eu maintes occasions d'en calmer, d'en conseiller et soutenir. Il fallait voir ; il fallait attendre, pour savoir si le jeune homme était vraiment en danger, comme le prétendait sa mère, pour savoir si la magicienne représentait pour lui une menace.

– Priez pour lui, s'il vous plaît, répéta-t-elle, n'osant pas dire qu'elle voulait que sa volonté à elle soit faite. Et elle s'en alla.

Alors la Recluse pria. Elle pria pour l'enfant, comme s'il était le sien. Elle pria tant qu'elle le fit sien. Elle en oublia le temps selon son habitude. Elle pria des heures, ininterrompue, car les villageois ce jour-là étaient trop occupés aux préparatifs de la fête imminente. Peu à peu, se substitua à la prière pour Loann une prière pour son enfant à elle...

La lame de fond des souvenirs remonta à la surface, irrépressible. La recluse décida de s'y plier, sans résister. Elle descendait régulièrement au purgatoire de la mémoire. Elle prit une profonde inspiration et, patiemment, laissa les images du passé l'envahir.

*

* *

En ce temps-là, elle s'appelait Dame Aénor. Elle avait l'éclat du soleil et était femme de chevalier. En 1101, son mari Hélion rentra du grand pèlerinage. Le cœur battant, elle avait guetté du haut des remparts avec les gens du château pour voir la troupe à cheval revenir de Jérusalem dans toute sa gloire. Mais l'espoir contenu dans les chiffres du siècle nouveau ne s'était pas transformé en espoir de vie nouvelle. Les années passaient et son ventre demeurait stérile...

Quatre ans déjà, et le chevalier se désintéressait d'elle, repris par sa passion de la science. Il était là sans y être. Une partie de son cœur était restée sur les routes...

Aénor n'en pouvait plus d'attendre. Elle avait trente ans. Bientôt, son corps serait trop vieux. Habituée aux décisions prises seule, devenue indépendante par force pendant les cinq ans d'absence du chevalier, elle décida de prendre en main la situation. Puisque Marie, la mère du Seigneur, restait sourde à ses prières, elle se tournerait vers la guérisseuse des marais.

Profitant d'un séjour prolongé d'Hélion à la grande ville, elle aussi s'absenta. Elle prit un cheval et décida d'aborder les marécages par les falaises du Nord, un chemin plus discret que celui du village. Il fallait pour cela traverser une zone de forêts réputées dangereuses. Mais elle se moquait du danger, toute à sa folie d'enfant. Appartenant à la famille des châtelains, elle se devait de donner l'exemple en matière de religion. Personne ne saurait qu'elle allait avoir recours à une prêtresse de l'ancienne religion. C'était un sacrilège, un acte impensable pour la femme d'un croisé.

Aénor se retrouva devant la grotte de Morgen. La magicienne en sortit. C'était une femme étrange, raffinée et autoritaire, aux vêtements hétéroclites. Elle semblait flotter en dehors du temps. La nuit tombait. L'air était mauve. Aénor entendait les coassements des grenouilles et les chants des grillons. Les marais foisonnaient de vie. Elle frissonna. Morgen savait déjà pourquoi la femme se présentait devant elle.

– C'est un vœu contre un vœu, avait dit la sorcière. Tu es là de ton plein gré.

Morgen posa ses conditions : le secret. Puis, si tout se passait bien, Aénor lui serait redevable d'un service, un jour… La châtelaine savait le danger. Devant elle, passaient et repassaient des chauves-souris. Leur vol irrégulier et velouté accrochait par moments son regard. Elle aimait ces bêtes, contrairement aux autres femmes qui y voyaient des signes de malheur. Le temps était suspendu. Les instants qui passaient étaient décisifs. Il était encore temps de revenir en arrière… Mais déjà il n'était plus temps ! Les lèvres d'Aénor esquissaient un « non » quand, du plus profond de ses entrailles, jaillit le « oui » qui scella son destin.

La raison avait perdu. L'instinct de la nature avait gagné. Une allégresse l'inonda. Elle avançait maintenant sur une voie inconnue, sans un regard en arrière. Elle serait mère.

La magicienne lui offrit un collier d'ambre et lui demanda de se plier à toutes ses requêtes. Aénor se retrouva déshabillée, allongée sur le dos contre la terre battue. La guérisseuse plaça de chaque côté de son ventre des pierres noires brûlantes, alternant avec des pierres blanches glaciales. Elle fit sur son abdomen des pressions douloureuses. Elle lui enfonça çà et là des silex pointus qui lui firent suinter le sang. Puis ce furent les décoctions âpres qu'Aénor avala sans ciller. Les manipulations durèrent plusieurs jours. Aénor était confinée dans la grotte. La nuit, elle se risquait au dehors, se baignait dans l'étang au clair de pleine lune, malgré son horreur de l'eau froide, malgré sa peur des aspics, malgré les feux follets du diable qui brûlaient sans chaleur.

Quelques semaines plus tard, Hélion rentrait de voyage. Il passa le pont levis à la course et descendit de cheval dans la cour du château. Aénor, les joues rouges, essoufflée d'avoir descendu les marches de la tour à toute vitesse, s'élança vers lui pour l'accueillir avec la plus belle des nouvelles :

– J'attends un enfant ! s'exclama-t-elle, un sourire radieux aux lèvres.

Dans les yeux de son mari, elle crut voir passer une ombre...

CHAPITRE 4
LE SPECTRE

Onze coups de cloche lointains et sourds résonnent dans la nuit. Une forme blanchâtre s'élève au-dessus de l'étang, immatérielle, presque imperceptible, telle une fumée de chandelle à peine éteinte. Peu à peu elle s'amplifie, se densifie, tout en demeurant intangible. Elle semble errer un moment, hésitante, au-dessus de l'eau, parmi les feux follets. Puis elle acquiert une forme humaine aux contours imprécis, qui se fige, en suspens...

Hypnotisé par l'eau noire, le spectre se penche sur la surface de l'étang qui se transforme en vaste miroir de son passé. Comme chaque nuit, sa vie se met à défiler devant lui en teintes grises. Il ne peut l'arrêter. Il ne peut s'y soustraire.

An de grâce 1106

Je me revois – mais... s'agit-il bien de moi, ou s'agit-il d'un autre ? – je me revois chevauchant au trot sous la futaie derrière les chiens qui foncent droit à la poursuite du sanglier, à travers les fougères grises et les houx noirs...

*
*   *

Hélion chevauchait au trot sous la futaie, derrière les chiens courants qui fonçaient droit à la poursuite du sanglier, à travers les fougères vert tendre, insensibles aux piqures des feuilles de houx, tout à l'excitation de la chasse. Les hommes du château étaient à cheval, mais plus pour longtemps. Déjà les branches basses des chênes et des châtaigniers leur griffaient le visage et obligeaient leurs montures à faire des détours. Bientôt les taillis se feraient trop denses. Ils continueraient à pied après avoir confié les rênes aux serviteurs qui avançaient, portant les haches et les épieux.

Le sanglier poursuivi était une belle bête. Certains l'avaient entrevu en début de chasse, et le décrivaient en termes enthousiastes : « Des défenses plus grosses que les pouces ! ». La battue rassemblait les nobles des environs, leurs veneurs et des valets, accompagnés d'une cacophonie de chiens de toutes sortes, limiers, poitevins, griffons, et même quelques lévriers d'habitude allongés élégamment sur les peaux de bêtes du château, tous enchantés d'être de sortie pour la grande vénerie, endurants et prêts à mener le gibier jusqu'à la nuit s'il le fallait. Leurs longues oreilles pendantes battaient au vent de la course. Leurs clochettes tintaient, joyeuses.

Aénor approchait de son terme. Son ventre était énorme et lourd. Il était évidemment hors de question pour elle de prendre part à la chasse. Elle n'avait même pas voulu participer aux festivités de la journée, préférant rester seule au calme, dans ses appartements. Elle se sentait par trop lasse et désirait se reposer et ménager l'enfant à venir. Elle avait d'ailleurs tenu à rester à l'écart de tous pendant sa grossesse. Son caractère avait changé. Elle était devenue taciturne et repliée sur elle-même. La matrone avait été offensée de voir rejetés ses conseils habituels aux femmes en chemin de famille.

Hélion regardait Aénor et toutes les femmes enceintes avec fascination, depuis que la magicienne l'avait initié au mystère de la création des êtres. Il regardait même les animaux avec d'autres yeux... et s'efforçait d'oublier son savoir pour pouvoir continuer à jouir du spectacle de la chasse...Toujours avide de sensations, Hélion cherchait à s'étourdir en chevauchant après le sanglier, refusant d'admettre son inquiétude diffuse.

Il y avait eu ce jour-là des festivités au village. En fin de journée un grand repas serait servi dans la cour du château, enchanté par les poèmes musicaux des trouvères. Ceux-ci avaient amené avec eux un ours, dont la danse allait faire la joie de toute l'assemblée. L'ours affronterait peut-être en combat un des chiens ! Ceux qui n'étaient pas à la chasse ou aux cuisines étaient dans la cour à admirer l'animal. Tout le château et ses environs étaient en effervescence. Pourtant, Aénor n'avait même pas voulu descendre voir l'ours. Elle n'appréciait pas les animaux en cage, avait-elle dit. Hélion la trouvait de plus en plus tendue... Il lui apporterait plus tard dans ses appartements quelques mets délicats du festin ainsi que les dernières nouvelles des poètes voyageurs.

Des cris fusèrent ! « Taille haut, taille haut ! ». Le sanglier s'était retranché dans un fourré touffu dont il ne semblait pas pouvoir s'extirper. Pris au piège, il ronflait et soufflait abondamment et bruyamment. Les puissants Poitevins à la large gorge y avaient poussé l'animal aux abois. Les griffons hirsutes au poil gris, rude et broussailleux, insensibles aux piqures des ronces et des feuilles de houx, avaient pris le relais et pénétré dans le fourré. Ils harcelaient maintenant la bête en aboyant. Certains, plus téméraires, l'attaquaient de leurs crocs, insensibles aux rappels des hommes qui, épées ou épieux levés, entendaient bien tuer l'animal eux-mêmes. On aurait confondu la robe bleu-gris des griffons avec celle du sanglier, si ce n'étaient les morsures sanglantes sur le cuir de leur proie, qui se boursouflaient lentement.

Hélion avait insensiblement ralenti et suivait la chasse de loin depuis un moment. L'idée de la mise à mort proche commençait à le déranger grandement. Il transpirait, il se sentait mal depuis qu'il savait l'animal pris au piège. Il se mit à craindre des blessures chez quelque chien trop téméraire. Soudain, un lièvre blanc détala sur le passage de son cheval. Hélion sursauta, tira les rênes brutalement et sa monture se cabra. Un rire nerveux sortit de sa gorge.

– Je ne vais tout de même pas me laisser intimider par les contes de fées des trouvères !

Avait-il réellement vu un lièvre blanc ? L'animal merveilleux était sans doute le produit de son imagination perturbée, de sa tension interne. Lièvre blanc...

règne de la féerie... bon augure ? Mauvais augure ? C'était tout de la superstition ! Il n'y succomberait pas. Mais déjà le chevalier faisait demi-tour et s'élançait en direction du château.

La cour était encombrée de serfs et de vilains, et le premier spectacle de jongleurs était commencé. Des enfants surexcités se poursuivaient entre les tables dressées en poussant des cris perçants. Hélion monta quatre à quatre les marches qui menaient aux habitations. Tout était silencieux. Ses pas pressés résonnaient sur les dalles du couloir. Il poussa la porte de ses quartiers et traversa la première pièce éclairée par un jour opaque qui filtrait à travers les épais verres plombés des fenêtres. Aux murs, les tapisseries précieuses aux joyeuses teintes colorées tranchaient sur l'humeur lugubre de son cœur.

Hélion se dirigeait vers la chambre. Soudain il se retrouva face à face avec Morgen qui en sortait pour l'accueillir. Calme et pâle, elle avançait vers lui. Elle s'arrêta sur le pas de la porte.

– Je suis venue chercher mon dû, dit-elle d'un ton irrémédiable.

Hélion resta sans voix, pétrifié. Son cœur battait à tout rompre. Où était sa femme ? Que lui était-il arrivé ? Il n'entendait aucun son, aucun cri d'enfant... Morgen les avait-elle tués ? Tout cela n'avait pas de sens... Il réussit à balbutier quelques mots d'une voix rauque à peine audible :

– J'ai... Il n'osait prononcer le mot fatidique « promis ». Nous avions mentionné le troisième enfant !

– En effet. Tu as promis. Ta femme m'a donné sa parole. Vous vous êtes de votre plein gré soumis à moi. L'enfant m'appartient.

Hélion faisait « non » de la tête. Aucun son ne parvenait plus à sortir de sa bouche. Ses yeux brillaient de panique.

– Reviens-tu sur ta promesse ?

Hélion réalisa qu'il ne maîtrisait plus rien. Il ne comprenait plus. Il continuait à secouer la tête en dénégation. Morgen avait mentionné une promesse de sa femme ! En un éclair, il revit Aénor désespérée, en mal d'enfant, puis Aénor rayonnante, enceinte... Ainsi, sa femme avait succombé au désir d'enfant, comme il avait succombé au désir de connaissance ! Elle avait vendu son âme. Avait-elle aussi vendu sa chair ? Cela n'avait pas de sens, ce n'était pas possible, puisque c'était justement pour pouvoir tenir un enfant dans ses bras... ! Un enfant dont il était le père... C'était Morgen qui trichait, qui ne respectait pas sa parole... Hélion oscillait entre la colère et la terreur...

L'homme de guerre en lui prit le contrôle de la situation. Il avait déjà offert sa vie pour le Sépulcre du Christ. Il était chevalier, défenseur des faibles. Il se battrait donc, pour sa femme et son enfant. L'idée du combat lui redonna un but, une certitude. D'un geste familier et sûr, il tira son poignard du fourreau pour l'enfoncer à la verticale sous les côtes. La lame experte traverserait le surcot, là où la chair est tendre, et irait droit au cœur, en un geste maintes fois accompli pendant la croisade. Il sentit une odeur de fer, de sang. En un instant il fut transporté devant Antioche, devant la Ville Éternelle...

Morgen ne réagit pas à l'attaque. Elle foudroya le chevalier du regard.

– Croyais-tu pouvoir m'atteindre, pauvre homme ? lui dit-elle, sans ciller, la voix chargée de mépris.

Au même moment, une douleur effroyable transperça la poitrine du chevalier. Il s'affaissa lentement à terre, le regard possédé par le regard de la magicienne. Il réalisait trop tard qu'il est impossible de se mesurer à l'Enchanteresse, à l'Immortelle… Le coup qu'il lui avait porté – mais l'avait-il vraiment porté ? – le coup s'était retourné contre lui. Hélion gisait à terre, parmi ses frères d'armes tombés pendant les sièges, aux côtés des sarrasins tombés sous ses coups… Le froid l'envahit. Son corps fut parcouru de frissons et il perdit connaissance.

Minuit sonne dans le lointain. Le spectre se dissout dans la nuit…

LIVRE 5

RÉVÉLATION

CHAPITRE 1
LA FÊTE

Le jour tant attendu était arrivé ! La rue principale du village avait été rafraîchie de paille jaune et de menthe pour neutraliser la boue et la poussière. Des fils ornés de fanions triangulaires multicolores zigzaguaient au-dessus des têtes, d'un côté à l'autre de la rue, accrochés aux toitures des chaumières. L'arche ronde du portail de l'église était doublée d'une épaisse guirlande de roses blanches, de seringas et de lilas blancs qui embaumaient en l'honneur de Marie. L'effervescence était palpable. Les gens du château descendaient le chemin pentu pour se joindre aux festivités du Mai tandis que sur la route arrivaient en grappes les paysans du village voisin.

En juin, on prendrait le chemin inverse pour aller chez eux sauter par-dessus le feu de la Saint Jean. Puis ce serait la fête des Moissons, puis celle des Récoltes, puis les Vendanges… Les jeunes, vêtus de leurs plus beaux habits, attendaient impatiemment ces merveilleuses occasions de rencontres et d'amourettes chargées d'espoir d'avenir…

Frère Tancrède aussi était là, et lui aussi pensait à l'avenir, à sa manière. Il pensait au recrutement pour son monastère. Tous se retrouvaient, s'embrassaient, se congratulaient bruyamment, dans la joie et l'excitation.

Aidlinn elle aussi avait tant attendu cette fête. Elle avait voulu en être, pour la première fois de sa vie. Elle avait pensé profiter de l'arrivée des villageois voisins pour se joindre discrètement à leur groupe afin de se donner une contenance. Elle n'était jamais venue au village, bien que les gens connaissent son existence. Tous la devinaient savante, et la craignaient plus ou moins, puisqu'ils craignaient sa mère. Elle connaissait les langues ; elle savait lire, disait-on... Même frère Tancrède aurait pu beaucoup apprendre d'elle ! Mais le grand jour était là, et la fête se déroulerait sans elle. Son cœur n'était que désespoir.

Dans les taillis, à l'insu de tous, la Fille Loup contemplait le grand rassemblement des meutes humaines. Son regard aigu avait été tout particulièrement attiré par les combinaisons de couleurs insolites d'une jeune femelle qu'elle avait parfois entraperçue, marchant seule le long des chemins – sa sœur de solitude. Celle-ci avait regardé les villageois de loin, puis s'en était allée. Elle non plus ne serait pas de la fête ; elle s'éloignait, écrasée de tristesse.

L'eau à la bouche, la Fille Loup humait, comme chaque année à la même époque, les fumets de porc grillé qui cuisait lentement à la broche depuis la veille, et l'odeur appétissante du cerf qui était sa contribution indirecte à la fête du village. Elle aurait tant donné pour pouvoir goûter les viandes préparées par les hommes. Elle avait déjà cuit, sur des feux volés, de la viande de chasse des loups pour imiter les hommes. Mais elle n'avait jamais pu égaler leurs préparations extraordinaires, car les femelles humaines avaient des secrets, des plantes, des poudres qu'elles ajoutaient, pour transformer la nourriture en rêve, en folie de sensations. Et puis ses frères loups avaient peur du feu.

Les femelles humaines avaient un autre secret : des espèces d'objets ronds, couleur de pierre, couleur de terre, qui, chauffés, dégageaient les plus précieuses senteurs, et fondaient dans la bouche, tels des grappes de fleurs colorées, odorantes et sucrées comme le miel sur les papilles. Elle en avait parfois ramassé quelques miettes par terre, la nuit, après une fête. Elle aurait tant voulu pouvoir en avaler de gros morceaux, comme tout le monde… Trouverait-elle un jour le courage de rejoindre les hommes ? Mais surtout, comment la recevraient-ils ?

La recluse, allongée sur sa peau de loup, se laissait elle aussi aller aux plaisirs de la fête, une occasion de réjouissance pour ses sens. Exceptionnellement en Mai, elle acceptait l'amalgame que certaines paysannes faisaient entre elle et la Vierge Marie, et recevait l'offrande d'un ou deux bouquets de fleurs dans le reclusoir. Les odeurs de nourriture pénétraient dans sa cellule. Bientôt on lui apporterait une part de viande grillée. En attendant, place à la musique !

Les ménestrels, dont certains venaient de loin, allant de village en village pour animer noces et fêtes, entamèrent le premier chant, accompagnés à la voix par les spectateurs. Ce fut une cacophonie joyeuse. Les enfants tournaient autour des musiciens, particulièrement fascinés par l'organistrum à trois cordes, qui nécessitait deux personnes pour en jouer, l'une pour faire tourner la roue, l'autre pour les touches. Les flûtes et les loures normandes jouaient en cœur puis se répondaient les unes aux autres. L'assemblée était prête pour l'installation du mât de Mai.

Une douzaine d'hommes du village, dont Loann faisait partie, arrivèrent en cadence, porteurs du tronc de peuplier lisse et poli à souhait, peint de couleurs vives et graissé de lard. À son sommet était accrochée une roue de laquelle pendaient toutes sortes de bonnes choses, gâteaux secs et rubans, et un crochet auquel on allait bientôt pendre un jambon cru de qualité, offert au village par le Seigneur pour l'occasion.

Un trou profond avait été creusé par l'équipe de Loann sur la place de l'église. Encouragés par la musique et les applaudissements, les hommes peinèrent un moment pour glisser le mat dans le trou. Puis ils le redressèrent et en bloquèrent la base pour le stabiliser. L'arbre se dressait maintenant, plus haut que le clocher. Il trônerait ainsi jusqu'à la Saint Jean, date à laquelle il serait débité pour le grand feu. Une fois le trou rempli de pierres et de terre, la cloche de l'église sonna. C'est alors que les premiers amateurs, débarrassés de leurs beaux habits, se lancèrent à l'assaut du tronc gluant, dans l'espoir de décrocher le jambon tant convoité, sous les cris et hurlements de rire de la foule.

Loann avait forci depuis son enfance malingre, et il se tenait maintenant droit et fier pour accentuer sa taille. Mais il savait qu'il ne pouvait pas rivaliser physiquement avec les hommes forts du village, dont une des activités ce matin-là serait le lancer de tronc d'arbres. Et de toute façon, en ce jour de liesse, il n'y pensait même pas car son cœur était enfiévré par une envie d'ailleurs. Il ne pensait qu'à Morgen. Il ne rêvait que du moment où il irait la rejoindre.

Son air mystérieux, ses habits étonnants d'origine inconnue et sa nouvelle coupe de cheveux avaient un effet dévastateur sur les jeunesses des hameaux. Même les filles de vilains se retournaient sur lui. Les villageoises voisines, ne le reconnaissant pas de la fête précédente, s'enquéraient sur l'identité de ce séduisant jeune homme. Les hommes aussi le regardaient avec des yeux neufs, envieux du cerf qui embaumait et délecterait bientôt l'assistance. Loann en était conscient, et en tirait un triomphe certain. Mais en même temps il réalisait avec regret, avec un étonnement déçu, que son triomphe venait trop tard : il s'en moquait car il était amoureux. Amoureux d'une femme exceptionnelle qui ferait bientôt sa gloire et sa fortune...

– Me feras-tu danser ? lui lança une jeune paysanne plus délurée que les autres.

– Pourquoi pas, s'entendit-il lui répondre. Il la prit par la main et l'entraîna vers le groupe des danseurs, à l'aise pour la première fois de sa vie, au grand étonnement de ceux qui le savaient timide, au grand déplaisir de sa mère qui mesurait l'étendue des leçons de l'Enchanteresse.

Entouré d'une cour de filles papillonnantes et gloussantes couronnées de fleurs et de rubans, Loann passait d'atelier en atelier, s'essayait à la pêche miraculeuse et décrochait un paquet surprise qui contenait un beau ruban bleu. Il s'empressa de l'offrir à sa cavalière qui rougit de contentement. Ils passèrent aussi au tir à l'arc, puis aux anneaux. Loann, la chance décuplée comme dans un rêve, gagna un petit tonneau de cervoise. Grand seigneur, il s'empressa d'offrir à boire à sa suite.

Le lavoir couvert du village avait été transformé en bassin de truites pour l'occasion. Les nombreuses cannes à pêche s'entrechoquaient et les poissons, paniqués par leur supplice inattendu, ne pensaient pas à se nourrir et frustraient les pêcheurs improvisés, jeunes et vieux. L'atmosphère était joyeuse. Les serfs côtoyaient les vilains dans la bonne humeur et sans arrière pensée. C'était la trêve du Mai. Le printemps, avec ses beaux jours, rendait optimiste.

Les femmes regardaient avec intérêt la mode lancée par certaines dames du château, l'étonnante robe-bliaut rapportée d'orient, qui seyait si bien aux tailles fines. Et les hommes se prenaient à rêver en écoutant les ménestrels chanter les exploits lointains des guerriers de Jérusalem et les nuits orientales parfumées, peuplées de femmes à la peau brune drapées de soies vaporeuses.

Loann s'impatientait. Il resterait pour le banquet mais s'éclipserait ensuite. Les tréteaux étaient dressés. Deux jongleurs et un fou papillonnant avaient pris place devant la longue table couverte de nappes blanches. Il était bientôt onze heures. Il se faisait tard. Les cloches de l'église sonnèrent, et ce fut le signal du repas. C'était un jour de luxe pour les paysans, un jour de rêve, où ils pouvaient plonger leurs mains rêches et crevassées dans des bassins d'eau parfumée aux aromates et saupoudrée de pétales de roses. Les invasions barbares et les disettes étaient bien loin. Chaque année, les femmes se surpassaient dans le raffinement par rapport à l'année précédente.

La jeune paysanne récolta des pétales de fleurs qui parsemaient la table et, dans un rire, les jeta à la tête de Loann. Le serf se sentait le roi de la fête. Le prêtre bénit l'assistance puis s'attabla avec sa compagne aux places d'honneur, et le repas commença. Loann partageait un tranchoir de bois carré avec sa partenaire du jour qui ne le lâchait plus. Ils burent l'hydromel au même gobelet. On présenta des cerises pour mettre les gens en appétit.

La nef au centre de la table accueillait les salières et les nombreuses épices en poudre, gingembre, cannelle, clous de girofle, présentées généreusement pour l'occasion, ainsi que l'assaisonnement de verjus de pommes acides de l'automne précédent, et la sauce aux raisins noirs. L'atmosphère s'échauffait, les chansons succédaient aux plats, les plats succédaient aux chansons. Tous s'en donnaient à cœur joie, après un hiver pénible et un carême. Les plats sucrés et salés arrivaient sans ordre, potages d'avoine et de légumes, pâtés en croûte, jambons de porc, cuisses de cerf – Loann reçut quelques coups d'œil soupçonneux et désapprobateurs pour son braconnage ; mais on n'allait pas bouder son plaisir en ce jour de fête ! Puis ce furent les tartes aux pommes parfumées à la cannelle, les pâtés de porc en croûte, les plats de fèves, les purées d'épinards, les cuisses de sangliers. Suivirent la soupe de lentilles au lard, les tartes au flan, le pain perdu, les truites de rivière, et même un petit morceau de hareng fumé de la mer lointaine, autre présent du château, que chacun goûta avec curiosité. Arrivèrent ensuite les poules et les pigeons farcis aux oignons et herbes fines, les compotes de fruits sucrés au miel. Et enfin le clou du repas, digne d'un festin de château, qui prouva à tous que le village s'était surpassé :

on apporta au son des cornemuses une tarte couverte à la croûte dorée et brillante à souhait de laquelle s'envola un merle noir !

CHAPITRE 2
LA SERVE ET LOANN

La mère quitta le festin avant qu'il se termine. Personne ne s'en inquiéta car elle était restée en bout de table, peu sociable selon son habitude, et gênée par ses habits miséreux. Toute la matinée, son fils l'avait traitée comme une étrangère ; il s'était délibérément démarqué d'elle, et elle en était blessée. Ce n'était pas nouveau ; il avait toujours eu honte d'elle. Elle s'était réfugiée sur les mets nombreux du repas, avait voulu goûter à toutes les viandes et avait repris deux fois de la chair du cerf de son fils. Depuis, elle se sentait mal. Elle avait une sensation d'oppression dans la poitrine. Il faisait très chaud au soleil. Des gouttelettes de sueur suintaient de son front et de sa lèvre supérieure. Il serait plus sage de retourner à la hutte. Marcher lui ferait du bien. Personne ne remarqua son départ.

Les moineaux piaillaient en se pourchassant, s'abattaient devant elle dans les herbes du chemin, cascadaient dans les haies d'églantiers et dans les sureaux dont les grappes de fleurs embaumaient l'air. Les abeilles bourdonnaient, assourdissantes et ivres de pollen. La nature était riche de promesses. La serve avançait à petits pas claudicants et pensait à son fils. Elle l'aurait voulu insouciant comme ces moineaux, pris par de saines occupations. Hélas, elle avait vite compris que sa jolie voisine de table couronnée de fleurs n'avait que superficiellement captivé son attention. Tout le temps, le garçon regardait ailleurs. La petite paysanne séduisante et volubile était comme transparente, malgré tous ses efforts de séduction. Le mal dont il était atteint s'appelait Morgen. Cette femme l'avait ensorcelé.

L'Enchanteresse avait une voix magnifique qui arrivait parfois jusqu'aux tenures, portée par le souffle du vent du nord. Elle ne venait jamais au village. On l'entrapercevait parfois, de loin en loin, dans la campagne, récoltant ses simples. Elle avait un port de noble dame. Les signes du temps ne semblaient pas s'inscrire sur son beau visage. Elle avait toujours hanté les marais et les Prés Maudits. Parfois elle disparaissait. Puis elle revenait. Elle était toujours la même. Tous la craignaient. Si on la dérangeait dans son domaine, elle envoyait des fièvres mortelles. Parfois un paysan, ou même un noble, nécessitant son aide, avide de sa science, ou pire, se risquait dans son domaine, prêt à faire un pacte avec elle. Ses connaissances étaient grandes. Elle maîtrisait la nature et s'intéressait aux âmes des hommes... Que cherchait Loann ? Qu'exigerait-elle de lui en échange ?

La femme atteignit la chaumière, mouillée de sueur. Elle but un gobelet d'infusion et se coucha immédiatement. Prise par un sommeil agité, elle s'enlisait dans la vase de l'étang, à la poursuite de son fils. Ses jambes esquissaient des mouvements, mais elle n'arrivait pas à avancer. Soudain devant elle, apparut le visage de la jeune paysanne qui peu à peu se transforma en celui de Morgen, dont la pâleur tranchait sur un ciel gris noir, soudain déchiré par la foudre. Le bruit la réveilla en sursaut. C'était le couvercle du coffre ! Loann était rentré et s'apprêtait à ressortir. Elle savait où il allait.

– Cette femme est dangereuse…

– Maman, laisse-moi.

– Qu'est-ce que tu cherches ?

– …

Elle posait la question, mais elle connaissait la réponse. Ce n'était pas pour rien que Loann concurrençait les merles et les grives de septembre pour récolter les baies noires de sureau. Côte à côte, la mère et le fils travaillaient, elle à confectionner ses confitures aux baies noires, aux pommes et au miel, lui à faire ses macérations et réductions auxquelles il mélangeait du jaune d'œuf, de la résine… Il fabriquait de l'encre, disait-il, de l'encre pour écrire !

– Écrire quoi ? lui demandait la mère, perplexe devant ce fils, cet inconnu.

– Écrire, comme les moines.

Et le jeune garçon allait décoller l'écorce des peupliers qu'il aplatissait, faisait sécher, et sur laquelle il traçait des traits noirs, à l'aide de pailles sèches, de brindilles, de plumes – des traits qu'il s'efforçait de faire ressembler aux signes observés, glanés dans l'église, au château.

– Tu es un serf. C'est interdit de s'instruire. Reste à ta place.

– Plus pour longtemps, rétorqua-t-il. Avec Morgen, tu verras, tout va changer ! Elle va m'apprendre à lire... Je dois saisir ma chance !

– On dit qu'elle ne fait jamais rien pour rien... Qu'est-ce qu'elle te demandera en échange ?

– Je dois courir le risque ! Et puis, je suis malin, tu sais... Ne t'inquiète pas !

– N'y va pas ! C'est une sorcière.

Il resta sourd à sa supplique, n'eut aucun regard pour elle et passa le seuil de la porte. Elle se dressa sur le lit en grimaçant, consciente qu'elle allait devoir lui courir après, et qu'il marchait vite.

– Attends !

Elle avait peu de temps. Il fallait qu'elle se décide vite, car bientôt elle ne pourrait plus le rattraper. Le retenir aurait été si simple, pourtant... mais elle ne pouvait pas ! Enfin, elle ne voulait pas... Car ça lui coûterait trop... Elle ferma les yeux et se retrouva en pensée dans l'obscurité de l'ermitage. C'était comme si elle entendait dans sa tête la voix de la recluse : « Tu peux penser à toi, ou tu peux penser à lui. Tu peux choisir d'agir égoïstement, ou tu peux choisir d'agir généreusement pour le sauver, lui. Que choisis-tu ? L'amour de ton fils ou la vie de ton fils ? »

La serve ouvrit grand les yeux brillants sous le coup de la révélation. Ce jour-là pour la première fois, elle allait être vraiment sa mère. Elle allait souffrir pour lui, elle allait lui donner une nouvelle naissance. Il se détacherait d'elle, et cette douleur la rendrait mère pour de bon.

Elle bondit de son lit, grimaçante à cause de ses articulations, et s'élança au dehors, éblouie par le soleil qui illuminait son sacrifice. « Loann, hurla-t-elle, reviens ! ». Mais la silhouette du garçon était floue et déjà lointaine, presque dissipée dans les verts de la nature. Alors elle se mit à courir dans la direction des marais, se tordant les chevilles durcies, essoufflée par le copieux repas. « Reviens ! J'ai quelque chose de très important à te dire ! » criait-elle. Mais il ne l'entendait pas.

Elle courait depuis un bon moment quand Loann, conscient d'un souffle oppressé derrière lui, se retourna enfin.

Et là, parmi les modestes boutons d'or, entourée par le vol fragile des humbles papillons blancs des choux, accompagnée par le chœur discret des moineaux, elle lui révéla, transpirante et émue, le secret de sa naissance.

– Loann, je ne suis pas ta mère…

Lentement, le bras accroché à celui de son fils, soutenue par le jeune homme et le guidant à la fois, elle l'entraîna loin des étangs, loin des marais, loin de Morgen, vers son avenir.

– C'était une nuit de juin, il y a 16 ans de ça…

Jamais elle n'avait autant parlé ! Jamais elle ne s'était sentie si proche de lui. Elle réalisait que c'était le secret qui avait éloigné son fils d'elle, et qui l'avait éloignée de son fils. C'était le secret qui avait créé une barrière entre eux. Elle profitait de ces moments précieux inattendus, quelle que soit la réaction du garçon par la suite. Loann, muet, était pendu à ses lèvres, avide de savoir. Comme elle l'avait prévu, il avait complètement oublié l'Enchanteresse, captivé par la révélation de son origine.

– C'était le soir de la Saint Jean, une nuit douce du début de l'été. Il y avait la fête au château, mais je ne pouvais pas en être… Personne ne voulait d'une pauvresse…

Son mari était malade, expliquait-t-elle à Loann. Elle n'arrivait pas à payer les redevances au Seigneur. Ce jour-là, le village et le château étaient en fête. Des trouvères étaient venus de loin. Il y avait un festin le soir dans la grande cour intérieure.

– J'ai décidé de tenter ma chance sur la décharge où les gens de la forteresse jetaient leurs déchets, par-dessus les remparts. J'espérais bien y trouver des restes des victuailles, un peu de viande peut-être. Tu sais, comme quand tu étais petit… Tu te souviens, je t'emmenais avec moi ?

Loann frissonnait malgré la douceur du jour. Il se rappelait ces souvenirs sordides, remontant la pente des détritus aux côtés de sa mère – de cette femme – s'enfonçant dans les déchets de toutes sortes, les peaux et les entrailles sanguinolentes d'animaux, cherchant des restes comestibles, tous deux ravalés au rang des bêtes sauvages qu'ils côtoyaient parfois, non loin, sur la même pente aux ordures… Il était muet de saisissement. Il avançait lentement, machinalement le long du sentier, soutenant le poids irrégulier de la femme boiteuse pendue à son bras.

La serve expliquait qu'elle avait survécu de glands et de châtaignes, du lait de sa chèvre cet hiver-là. « Nous n'aurions jamais osé braconner sur la terre du nouveau

Maître ! ». Elle était trop maigre pour porter des enfants à terme. Avec les années de privation, elle était devenue stérile.

– J'étais seule ce soir-là sur la décharge. Mon compère m'attendait dans la hutte. Les chants des musiciens montaient toujours de derrière les remparts. La fête n'en finissait pas. C'est alors que tout à coup quelqu'un a jeté du haut des créneaux un paquet qui a roulé le long de la pente. Un son en est sorti, un vagissement. Je me suis approchée. J'étais curieuse... J'ai écarté les tissus. Et là, devant moi, il y avait un bébé ! C'était toi...

La serve contemplait le nouveau-né au milieu des étoffes sanguinolentes. Il était encore plein de glaire et de sang, avec son cordon ombilical. C'était un garçon, de très petite taille mais bien formé, avec en bandoulière transversale autour de son petit corps une lanière de cuir noué au bout de laquelle pendait une sorte de petit cailloux bleu couleur de ciel, « le plus beau bleu que j'aie jamais vu ! »

Loann était bouleversé.

– Tu n'es pas un serf, continua-t-elle. Tu n'es probablement pas un paysan. Tu es un enfant de l'intérieur des remparts... Qui sait, peut-être même un enfant des Maîtres ?

Devant le silence de son fils, elle continua.

– Je t'ai enveloppé, je t'ai serré contre moi, et je suis vite partie. Mon cœur battait. J'étais trop heureuse, et trop terrifiée qu'on me voie et qu'on découvre mon butin précieux.

Son compère avait été intrigué et même ému, mais pas satisfait car un bébé était une bouche de plus à nourrir.

– On t'a donné du lait de la chèvre. Tu as bien failli mourir. Tu étais si fragile, si faible, pendant si longtemps… Mais tu as survécu. Pour toi, on s'est mis à braconner. Deux ans après ton arrivée, mon homme est mort. Je suis restée seule avec toi. Je n'ai jamais essayé de me lier avec les gens du village. J'avais peur qu'on pose des questions, qu'on s'étonne de ma grossesse passée inaperçue, qu'on mentionne un bébé jeté aux ordures.

Loann était captivé, fasciné par son histoire. Morgen était tellement loin maintenant… La mère avait gagné. Un désir naissait en lui, qui se faisait plus impérieux de seconde en seconde : la quête de son origine. Il entraîna hâtivement la pauvre femme rouge et fiévreuse qui n'avait jamais autant parlé de sa vie ! Tous deux se dirigeaient vers la masure pour récupérer l'indice unique de sa naissance. La femme ne comptait plus à ses yeux, si ce n'était pour cet objet précieux. Il se sentait enfin délivré d'elle, libéré du poids de la servitude et de la honte, du poids de la pauvreté et de la saleté, par la magie de ce pendentif. Il en était presque reconnaissant à la serve, car elle aurait pu après tout faire disparaître l'objet, seule preuve de sa naissance inconnue.

La serve creusait maintenant au couteau la terre battue au pied d'un des piliers de la hutte. La terre résistait. Loann, impatient, s'empara de la lame et continua la besogne. Soudain, le son changea : il venait de heurter un objet de poterie. Le mouvement s'accéléra, et bientôt un petit pot fut retiré de terre. Fébrile, les mains tremblantes, Loann en souleva le couvercle ébréché. Le sang pulsant dans ses oreilles, il renversa le pot.

Au contact de la main de Loann, la nouvelle réalité de son origine prit forme sous ses yeux. Au bout d'une ficelle de cuir durci et moisi, pendait un morceau de petit homme nu, une sorte de nain cassé au niveau de la taille, un horrible et fascinant personnage, mi-enfant, mi-vieillard, à l'étonnante couleur de ciel, à l'étonnante couleur de mer.

La serve, encore éberluée par son geste, se sentait enfin heureuse. Elle avait détourné Loann de la fascination de Morgen en l'orientant sur la fascination de son origine. Elle savait qu'elle avait perdu son fils. Mais quelle importance, car elle savait aussi, plus sûrement encore, qu'elle venait de le sauver.

CHAPITRE 3
LE SPECTRE

Onze coups de cloche lointains et sourds résonnent dans la nuit. Une forme blanchâtre s'élève au-dessus de l'étang, immatérielle, presque imperceptible, telle une fumée de chandelle à peine éteinte. Peu à peu elle s'amplifie, se densifie, tout en demeurant intangible. Elle semble errer un moment, hésitante, au-dessus de l'eau, parmi les feux follets. Puis elle acquiert une forme humaine aux contours imprécis, qui se fige, en suspens…

Hypnotisé par l'eau noire, le spectre se penche sur la surface de l'étang qui se transforme en vaste miroir de son passé. Comme chaque nuit, sa vie se met à défiler devant lui en teintes grises. Il ne peut l'arrêter. Il ne peut s'y soustraire.

Des vagissements de nouveau-né me rappellent à la vie. J'ouvre les yeux sur des lattes de bois noir jonchées de menthe grise…

*

* *

Des vagissements de nouveau né rappelèrent Hélion à la vie. Il reprit lentement connaissance et ouvrit les yeux sur les lattes de bois marron jonchées de menthe verte. Il était allongé par terre, devant la porte de la chambre. L'odeur de la menthe qui lui collait à sa joue lui rendit le sens de la réalité. L'horreur de la situation le frappa soudain de plein fouet. Ce n'était pas un cauchemar qu'il était en train de vivre. C'était le châtiment mérité pour son orgueil humain, pour sa soif de connaissance, pour sa fréquentation des puissances du mal. Un éclair de souvenir traversa sa mémoire : il se revit dans la crypte du Saint Sépulcre, au côté de ses camarades croisés, gravant comme eux une petite croix sur la pierre en demandant à Dieu de l'absoudre de ses péchés. De nouveau il implora le Seigneur, mais cette fois il supplia comme jamais, afin d'avoir assez de force pour protéger son enfant.

Il se traînait vers le seuil de la chambre, grimaçant sous la douleur, s'aidant de son couteau qu'il enfonçait dans le bois sec du parquet et auquel il s'agrippait des deux mains pour progresser en rampant.

Après plusieurs minutes de combat muet contre lui-même pour faire avancer son corps douloureux à force de volonté, il passa le seuil de la chambre. Vision d'horreur : sa femme, endormie et à demi nue, gisait sur le lit à baldaquins, dans des draps ensanglantés. Au-dessus d'elle, Morgen, penchée sur son ventre blanc, était occupée à recoudre d'un geste lent et appliqué, une longue blessure transversale. Au pied du lit, sur une peau de mouton, un nouveau-né, une fille, remuait ses petites jambes minuscules.

Morgen, alertée par le bruit, se retourna et posa sur lui un regard impassible. Puis elle reprit sa besogne, indifférente, et se mit à fredonner, bouche fermée, un chant grave inconnu. Hélion était terrassé par un écœurement indicible. Des points lumineux explosaient devant ses yeux. La chambre commençait à danser. Instinctivement, il se traîna vers l'Enchanteresse. Il n'était pourtant plus en état de rien faire et il avait compris qu'aucune de ses paroles ne pourrait attendrir la magicienne. Hélion était maintenant à ses pieds. Le parfum oriental qui saturait les vêtements de la femme couvrait l'odeur de menthe. À quoi lui servait de s'être traîné jusque-là puisqu'il allait mourir ? Dieu n'avait pas répondu à son appel… Aénor se réveillerait… Elle survivrait, il le savait, puisque la femme s'appliquait à recoudre la plaie. Mais la blessure à son âme ne guérirait jamais. Serait-il encore en vie pour lui expliquer, pour implorer son pardon ? Il connaissait la réponse. Le froid qui avait gagné son cœur était bien plus douloureux que le froid de la mort qui s'emparait inexorablement de son corps.

C'est alors que le chevalier épuisé remarqua sous le bois sculpté du lit deux paquets enrobés de tissu, jusque-là dissimulés par la longue tunique de l'Enchanteresse. Son cœur battit plus vite. Hélion ne comprenait plus… et en même temps Hélion comprenait tout… Il y avait donc trois enfants ! Comment un tel prodige était-il possible ? Ainsi, la magicienne tenait parole et se réservait le troisième, la petite fille sur le lit… Une horrible pensée lui traversa l'esprit : pourquoi avait-il voulu interférer ? Que n'avait-il laissé faire Morgen ? Aénor n'aurait jamais rien su du pacte. Ils auraient vécu suffisamment heureux avec deux enfants !

Le remords le saisit instantanément à cette pensée vile et basse : il réalisait que ce n'était pas dans la grotte mais à cet instant-même qu'il venait de vendre son enfant !... Son appétit de savoir l'avait-il donc rendu insensible ? Atteindre la Connaissance condamnait-il à l'indifférence ? Et quelle Connaissance limitée, puisqu'elle ne lui donnait pas le pouvoir d'échapper à la mort... !

Mais il était trop tard, même pour les remords... Qu'allait-il advenir des deux premiers bébés ? Morgen ne nourrissait pas de bienveillance à leur égard puisqu'elle les avait déposés par terre...

La mort pour le chevalier était imminente. Il en connaissait les signes précurseurs par sa longue expérience sur les champs de bataille. Il lui fallait être pratique et parer au plus pressé, avec l'indifférence des soldats qui ont l'habitude de côtoyer la mort. Il ne pouvait hélas plus rien pour sa femme. Il voulut absolument voir ses deux autres enfants avant de disparaître. Il réfléchissait avec l'énergie du désespoir, cherchant ce qu'il pourrait faire pour eux. C'était son devoir de chevalier et de père.

Hélion écarta les chiffons du bébé le plus proche et son cœur se remplit de fierté et de rage en apercevant un héritier mâle pour sa lignée... Le deuxième paquet livra le jour à une petite fille, qui avait l'air la plus robuste des trois, bien que malingre elle aussi. Morgen avait ironiquement tenu parole : elle n'avait pas choisi l'enfant mâle ; elle n'avait pas non plus choisi l'enfant le plus viable ; elle avait pris le troisième, comme promis. La magicienne le vit faire et le laissa à la contemplation de ses enfants. Elle badigeonnait la blessure avec un liquide coloré, puis la couvrait d'un linge pâle.

Hélion, discrètement, retira de son cou une lanière de cuir au bout de laquelle pendait le talisman du nain bleu qu'il implora : « Oh ! Dieu Unique, Ptah-Ek, protecteur des enfants innocents, Seigneur Jésus, veille sur mon bien le plus précieux, mon fils ! » Il enroula le lacet comme il put autour du petit corps malingre de son enfant mâle, et utilisa ses dernières forces pour envelopper de nouveau l'enfant dans son chiffon, dissimulant le talisman au regard de Morgen. Puis, il posa la tête sur le sol, apaisé par ce geste, et accepta son impuissance.

Son cœur ralentissait... Les battements devenaient presque imperceptibles. Les yeux fermés, Hélion sentait le froid de la mort remonter le long de ses membres. Les sensations terrestres s'effaçaient peu à peu. Il s'apprêtait à rendre l'âme, quand il réalisa soudain qu'il ne pouvait pas s'en aller. Ses deux enfants mourraient probablement ; c'était ainsi. Il n'y pouvait plus rien. Mais sa deuxième fille allait vivre... Qu'adviendrait-il de son âme ? Il ne pouvait pas partir... Il ne pouvait pas abandonner cette enfant... Le corps d'Hélion fut secoué par un soubresaut, et son dernier souffle s'exhala de sa poitrine.

L'âme du chevalier se dégagea de son corps, s'éleva lentement et plana un moment, hésitante, au-dessus du lit où reposait la petite fille.

Le bébé s'agita soudain et ouvrit des yeux encore aveugles sur une forme blanchâtre, immatérielle, telle une fumée de chandelle à peine éteinte, qui s'amplifia, se densifia, et alla rejoindre le brouillard gris du monde intermédiaire.

Minuit sonne dans le lointain. Le spectre se dissout dans la nuit...

CHAPITRE 4
AIDLINN

Aidlinn était seule. Elle avait vainement cherché du réconfort auprès de son peuplier. Comme à son habitude, elle était assise en tailleur à son pied et le tenait serré entre ses jambes et ses bras. Elle était ainsi immobile depuis presqu'une heure, la joue pressée contre l'écorce dont la marque s'était imprimée sur sa peau. Elle avait mal aux articulations. Mais l'intimité avec son arbre n'opérait plus la magie habituelle. La chanson du vent dans les feuilles ne l'apaisait plus. Elle lâcha prise et son dos, retrouvant le confort physique de la terre, se détendit, soulagé. Elle monta ses jambes à la verticale le long du tronc et se concentra sur la sensation du sang qui en désertait les extrémités, tout en contemplant le feuillage tendre dont les gris argentés et les verts miroitaient contre le ciel.

La fête battait son plein loin d'elle. Aidlinn s'en était approchée mais elle n'avait pu se résoudre à y prendre part. À quoi bon... De loin en loin lui parvenaient les chants des hommes. Elle avait été élevée à l'écart du village. C'était trop tard pour rejoindre le groupe dont elle n'avait jamais fait partie, dont elle ne ferait jamais partie… La jeune fille allait mal. Depuis son enfance, ses rapports se limitaient à des dialogues occasionnels avec une personne ou deux au maximum. Elle avait peur des humains. Sa mère l'avait dressée à être sauvage.

Aidlinn se sentait profondément triste depuis quelques jours. Si elle avait pu se confier à l'Enchanteresse, celle-ci aurait prôné la patience, car la détresse et le désespoir sont souvent les compagnons des retours de grands voyages alchimiques. Les sorciers cultivent la patience, accumulent des années de sagesse et d'initiation avant d'entreprendre les Voyages. Il faut avoir du respect et de l'humilité devant la puissance de la Nature…

Mais cela, Aidlinn ne le savait pas. Elle n'avait jamais pu parler à sa mère. Malgré toute son attention et tous ses enseignements, Morgen demeurait froide. Elle avait été un bon professeur mais une mauvaise mère. La jeune fille l'avait compris depuis peu. Elle ne s'était jamais réfugiée dans les bras de Morgen, comme elle l'avait vu faire de loin par les petits du village, qui couraient et trébuchaient, noyés de rires ou de larmes, dans les bras de leur maman. Aidlinn n'avait jamais pleuré et n'avait jamais ri non plus. Sa mère ne l'avait jamais bercée ni consolée. Elle lui avait appris des chansons, mais elle n'avait jamais chanté pour elle…

La jeune fille avait passé sa vie jusque-là à observer, en retrait et en silence, et elle le savait à présent, en tristesse. Elle ne méprisait pas ces gens comme elle l'avait cru, comme elle avait voulu le croire. Elle venait de réaliser qu'elle les enviait. Elle se devait à elle-même d'être sincère. Ce jour-là surtout, plus que tout autre jour...

La recluse elle aussi passait cette journée en dehors de la fête, en dehors de la communauté. Qu'est-ce qui avait poussé cette femme à faire ce choix, à devenir ermite ? La recluse embaumait le parfum de l'amour. Le cœur d'Aidlinn fondait de douceur au souvenir de la voix de cette femme. L'Enchanteresse chrétienne était puissante... Morgen avait raison : les chrétiens étaient dangereux, et pervers. Ou tout au moins hypocrites, se dit la jeune fille. Sa mère lui avait expliqué leur subtile perversité : ils avaient détourné à leur profit toutes les fêtes, le solstice d'été, le solstice d'hiver, l'arbre de Mai... Mai, fête de la fécondité, des fleurs, des sources, Mai qui voyait autrefois le retour des morts s'unissant aux vivants dans un combat contre les forces des ténèbres...

Les oiseaux dans le peuplier pépiaient de rires, lançaient au-dessus d'elle leurs chants de vie dans le soleil. Et elle était là, seule, sachant son amour perdu, sachant la recluse perdue. Elle était le feu, elle était la lumière, elle était Aidlinn, jaune comme les iris d'eau, chaleureuse comme le soleil. Mais son cœur était froid, et son soleil éteint.

Aidlinn se redressa à la nuit tombée. Elle avait perdu conscience du temps. Elle frissonnait. Elle vacilla sur ses jambes endormies, attendit que les picotements se dissipent pour retrouver leur force, puis se dirigea à pas lents vers le nord, vers la demeure des marais. Elle n'avait nulle part ailleurs où aller. Elle n'avait que la grotte. Les pieds dans l'eau, elle ne faisait aucun effort pour passer les gués à sec ; elle pataugeait dans la vase jusqu'aux genoux, entre les feux follets et les vols de chauves souris, ses amies. Plus elle approchait, plus elle allait vite, le souffle court, la colère montante. Elle distinguait déjà les clignotements des torches intérieures qui illuminaient les ouvertures de la grotte. Elle s'en allait retrouver l'Ennemie.

Morgen avait deviné son secret. Morgen avait deviné son amour. Ou plutôt, elle avait dû l'épier… et elle avait découvert l'incantation sur le morceau de parchemin… elle avait deviné le philtre. La confrontation verbale entre les deux femmes avait été dévastatrice pour Aidlinn… Morgen s'était raillée de sa maladresse, de sa naïveté. Le professeur s'était moqué de l'élève. Puis, le lendemain, Aidlinn avait vu, frémissante d'horreur et d'incompréhension, sa mère se transformer en rivale et séduire délibérément le garçon qu'elle aimait. Mais pourquoi ? Qu'avait-elle fait pour mériter pareil châtiment ? Était-il possible que l'incomparable Enchanteresse fût jalouse ? Jalouse de quoi ? Qui était sa mère ? Qui était cette inconnue ?

La robe trempée, Aidlinn s'arrêta sur le seuil de la grotte. Elle hésitait à entrer, ne reconnaissant plus l'espace comme protecteur. À l'intérieur, l'Enchanteresse se tenait droite et immobile. Derrière elle, son ombre gigantesque et déformée, projetée par le feu de l'âtre, tressautait, menaçante, sur la paroi de la grotte. La femme était belle. La femme était sa rivale. Et pourtant cette femme n'aimait pas. Cette femme était incapable d'aimer…

– Tu n'es pas ma mère ! prononça Aidlinn.

Morgen sursauta.

– Tu ne peux pas être ma mère ! Je ne comprends pas...

L'Enchanteresse la regardait, immobile, impénétrable. Le temps était suspendu... Sous les yeux de la fille alternèrent plusieurs visages de femme à la lueur rouge du feu, un visage féerique à la peau rosée et appétissante, qu'elle contemplait intensément, avec fascination. Puis ce visage, soudain, devint verdâtre, comme hors du temps, lourd de savoir et d'ennui, chargé de désespoir...

Alors soudain, Aidlinn souhaita passionnément la disparition de l'étrangère. Instinctivement, elle souleva de la main sa jupe, en tira le petit arc et mima le geste symbolique pour tuer sa mère immortelle. Morgen la regardait faire, un sourire étrange aux lèvres. La fille mesura l'abîme entre elles. Alors, sciemment, elle tira une flèche de son carquois de tissu et l'ajusta avec précision. Toutes les leçons de détachement et de distanciation enseignées par la magicienne, son indifférence face à l'humanité et la pitié, inondèrent l'âme de la petite. Aidlinn crut voir la flèche rapide partir et traverser la gorge de Morgen. Au même instant, une douleur sèche et fulgurante transperça la poitrine de la jeune fille qui vacilla, la respiration coupée, les yeux exorbités.

– Croyais-tu pouvoir m'atteindre, pauvre humaine ?

L'arc et la flèche lui glissèrent des mains. Aidlinn tomba à genoux, puis s'affaissa lentement sur le seuil de la grotte, réalisant avec effarement que leur prétendue commune immortalité était un mensonge... « Mais alors, de qui suis-je la fille... ? » Ses grands yeux noirs égarés se refermèrent sur l'énigme de sa naissance. Le lien ténu qui la reliait à Morgen venait de se rompre. Aidlinn était morte.

L'Enchanteresse contempla le corps sans vie de l'enfant des hommes. Tant de soins, de travail, d'investissement dans cet être foncièrement étranger et imparfait... Elle resta ainsi un long moment, envahie peu à peu par un sentiment inconnu, indéfinissable... Elle se sentit mal, pour la première fois depuis bien longtemps. Elle qui avait des chants et des incantations pour chaque moment du jour et de la vie, pour la première fois resta muette.

LIVRE 6

DÉLIVRANCE

CHAPITRE 1
LE SPECTRE ET AIDLINN

Onze coups de cloche lointains et sourds résonnent dans la nuit. Une forme blanchâtre s'élève au-dessus de l'étang, immatérielle, presque imperceptible, telle une fumée de chandelle à peine éteinte. Peu à peu elle s'amplifie, se densifie, tout en demeurant intangible. Elle semble errer un moment, hésitante, au-dessus de l'eau, parmi les feux follets. Puis elle acquiert une forme humaine aux contours imprécis, qui se fige, en suspens…

Hypnotisé par l'eau noire, le spectre se penche sur la surface de l'étang qui se transforme en vaste miroir de son passé. Comme chaque nuit, sa vie se met à défiler devant lui en teintes grises. Il ne peut l'arrêter. Il ne peut s'y soustraire.

L'eau grise de l'étang reflète le petit visage blafard du nouveau-né, de sa fille vendue en échange d'un soupçon de connaissance. Le spectre est fasciné, hypnotisé par les petits yeux gris qui le contemplent. Leurs regards se rencontrent, se prennent, s'attachent... pour ne plus se quitter...

Soudain la peau du bébé se teinte de rose, les yeux gris sombre prennent une couleur châtaigne et le contemplent avec douleur et reproche. Le visage d'enfant se transforme lentement en visage de jeune fille aux longs cheveux bruns, au teint doré de soleil, qui le regarde maintenant avec une perplexité qui peu à peu se transforme en apaisement.

Le monde autour de lui change imperceptiblement. L'étang se moire de bleus sombres. C'est toujours la nuit, mais une nuit en couleur, une nuit violette, une nuit de chauves souris mauves et roses, une nuit de battements d'ailes veloutées de papillons pourpres et or, une nuit d'étoiles de cuivre, une nuit de lune rousse, de feux follets bleus et vermillon... une nuit de lumière.

Pour la première fois depuis une éternité de vide alternant avec le désespoir, pour la première fois depuis une éternité de silence lugubre et étouffant, Hélion entend les millions de voix des enchanteurs de la Terre, des plus humbles aux plus mélodieuses, du crissement des grillons au coassement des grenouilles, de l'appel des poules d'eau au chant des rossignols, des chansons des ménestrels reprises en chœur par les paysans à la sobre grandeur des voix du monastère.

Pour la première fois depuis l'abîme incorporel, il respire l'eau stagnante, hume les odeurs de menthe et perçoit le parfum délicat des iris.

Tous ses sens sont en alerte, réveillés après une éternité de déréalisation paralysante de l'âme.

Les yeux marron le fixent et lui sourient. Il sait qu'il peut partir maintenant, quitter cette terre car son enfant esclave s'est délivrée de la sorcière des Marais. Comment ? Il ne le sait pas. Mais cela n'a pas d'importance. Leurs yeux se sont rencontrés, ils se sont souris, et c'est bien ainsi.

La forme blanchâtre presqu'humaine qui errait, hésitante, au-dessus de l'étang, perd de sa densité, se désintègre peu à peu, devient à peine perceptible, puis se dissipe au-dessus des eaux violettes, telle une petite fumée de chandelle éteinte, dans la brise de nuit.

CHAPITRE 2
LOANN ET LA RECLUSE

Loann contemplait de loin depuis des heures le château fort qui dominait la vallée de son promontoire rocheux. Des dizaines d'hommes, de femmes, de gardes à pied ou à cheval, entraient et sortaient par le pont levis. Et lui, il restait là, paralysé, incapable de s'en approcher, son monde intérieur en révolution depuis les révélations de sa mère adoptive. Il sondait le mystère qui se cachait derrière les longues et minces fenêtres arquées. Il regardait la pente aux détritus qu'il avait souvent escaladée avec sa mère. Il était hanté par une silhouette de femme voilée marchant le long des remparts – ou bien était-ce un homme – se débarrassant en cachette du fruit du péché... Ou s'agissait-il d'une vengeance ? Il n'osait pas aller réclamer son identité perdue. Il devinait trop comment il serait reçu, lui, un serf... Cela s'était passé il y avait si longtemps... Qui voudrait déterrer un pareil secret ? On rirait de lui. On l'emprisonnerait peut-être pour calomnie ?

Il retourna à la chaumière, hagard. C'est seulement alors qu'il réalisa que sa mère avait les yeux brillants et les joues rouges de fièvre. Pris de remords devant son égoïsme et ses mauvais sentiments qui avaient à coup sûr offensé Dieu, il lui apporta une forte infusion de sauge au miel pour lui redonner des forces et resta à son chevet. La maman lui réclama aussi de l'ail qu'il pela et qu'elle mangea avec application. Depuis qu'il était revenu, elle avait envie de se soigner et de vivre. Ils se regardèrent avec tendresse, gênés de ces nouveaux sentiments qui n'étaient familiers ni pour l'un, ni pour l'autre.

– Va voir la recluse, lui conseilla-t-elle. C'est une sainte femme, une femme bonne et humble. Dieu l'écoutera si elle lui demande de t'aider. En plus, elle vient du château et elle est âgée. Donc, elle a connu la forteresse du temps de ta naissance.

Loann était reconnaissant à sa mère paysanne de son effort pour l'aider à retrouver sa vraie mère. Il regardait cette femme avec d'autres yeux depuis qu'il risquait de la perdre. Il était surpris de découvrir qu'il l'aimait après tout, malgré tout, malgré son mensonge, malgré son silence de toutes ces années... Il lui sourit, et elle lui sourit en retour.

La recluse avait eu raison, se dit-elle. C'est seulement quand elle avait accepté de perdre son fils qu'elle avait gagné un fils. Ce fut elle qui lui demanda de partir, le souffle court. Loann brûlait d'impatience, mais hésitait à la laisser seule la nuit, en proie à la maladie. Il serait plus prudent d'attendre le petit jour. De plus, la recluse était une vieille femme, qu'il convenait de ne pas déranger en dehors des heures.

Il veilla sa mère une bonne partie de la nuit, baignant son front avec de l'eau fraîche, puis s'endormit à son tour. Un rayon de soleil matinal entra dans la masure par la porte restée ouverte. Sa lumière réveilla le jeune homme.

– Tout ira bien pour moi. Ne t'inquiète pas, lui dit la serve. Je vais encore me reposer, mais je vais mieux aujourd'hui. Laisse-moi l'ail et le pichet d'infusion à côté du lit. Et avant de partir, assieds-toi là et écoute la fin de notre histoire (...)

*

*   *

Loann venait de quitter la masure et avançait sur le chemin familier qui menait au village. C'était le même vieux chemin. Il le connaissait par cœur. Et pourtant chaque détail revêtait en ce jour nouveau une valeur toute autre. Chaque brin d'herbe était plus vert, chaque coquelicot plus rouge, chaque primevère plus attendrissante, chaque papillon plus blanc et plus joyeux. Les chants des oiseaux, auxquels le jeune serf ne prêtait pas attention d'habitude à force de les entendre, revêtaient une signification autre. En ce jour, la forêt lui lançait son appel, plus fort que jamais.

Il traversa le village encore endormi en ce lendemain de fête. Un busard tournoyait dans le ciel. Les restes du festin jonchaient le sol, au grand régal des chiens et des cochons qu'on avait libérés à la pointe du jour pour nettoyer à leur façon la grand rue et la place de l'église.

Les fleurs du porche étaient encore fraîches et leur beauté délicate rehaussait l'humble noblesse de l'arc roman. Loann contourna l'église et, le cœur battant, s'approcha de la fenêtre extérieure du reclusoir. La vieille femme était levée. Elle le vit et, toujours disponible par devoir, s'approcha de la fenêtre. Il s'assit sur le banc de pierre au soleil, les pieds dans les myosotis. Elle s'assit de l'autre côté du mur de pierre.

– Ma mère est malade. C'est probablement la fièvre des marais. Tout le monde dit que vous êtes une sainte femme. Dieu vous écoute. Je vous supplie de la sauver.

– Je n'ai pas le pouvoir de sauver les hommes. Je ne mérite pas ce pouvoir, lui dit-elle. Dieu est grand et il connait notre cœur. Ta mère vivra s'il décide qu'elle vive. En attendant, il t'a accordé le plus beau privilège, celui de pouvoir prier pour la vie de ta mère.

Loann ne comprenait pas la portée de ces mots. Il fut encore plus surpris par la phrase suivante :

– Et si jamais elle meurt, tu auras le privilège de voir ta mère mourir dans tes bras.

Il réfléchit à la signification de la phrase, puis continua :

– Ce n'est pas ma vraie mère. Je suis aussi venu vous voir parce que je cherche ma vraie mère... Cette femme m'a trouvé il y a seize ans sur la pente aux ordures du château...

Les cheveux blonds du jeune serf resplendissaient de lumière solaire et la recluse contemplait à contre-jour le profil troublant, à la fois inconnu et familier, du jeune homme qui égrenait d'une voix intimidée mais déterminée une suite d'événements invraisemblables.

Les mains d'Aénor s'était mises à trembler. Elle avait devant elle le fruit de ses entrailles. Elle le savait. Mais sa raison luttait encore contre cette idée. Il parlait. Elle l'écoutait. Soudain, devant ses yeux, se balança au bout d'une cordelette de vieux cuir une petite figurine de faïence bleue.

L'éclair d'azur la projeta instantanément dans le passé. Elle entendit le rire de son mari rentré de croisade, balançant sous ses yeux l'amulette qui ne le quitterait plus jusqu'à sa mort. Elle revit ses boucles blondes, ses yeux clairs, sa soif de vie, son appétit insatiable de connaissance... Elle sentit de nouveau l'odeur de pierre humide et de feu de bois de leur demeure accolée aux murailles d'enceinte. Elle revit les tapisseries colorées des murs, les meubles de bois sombre sculpté et les peaux d'ours et de loups, le crucifix de bois, la statue de Saint Nicolas, les fenêtres aux verres opaques qui s'ouvraient sur la vallée couverte d'une forêt immense... Elle se rappela son désir d'enfant.

La mère et le fils parlèrent à tour de rôle, puis ils se parlèrent. Elle s'ouvrit à ce jeune homme inconnu, son fils, qu'un mur de pierre séparait d'elle. Elle déversa sur lui le flot de sa parole retenue prisonnière des années derrière les murs de son cœur.

Ce soir de juin, ce soir d'horreur, fête de la lumière et crépuscule de sa vie d'avant, elle reprenait lentement ses esprits dans son lit, enveloppée par une odeur écœurante de sang frais, une douleur lancinante au ventre. Elle y posa la main et fut terrassée par une sensation de cauchemar : la rondeur de l'enfant avait disparu. À sa place, sous ses doigts, il y avait une blessure douloureuse. De toutes ses forces, son esprit luttait contre un pressentiment de cataclysme. Il n'y avait pas d'enfant à côté d'elle. Dans les appartements, il n'y avait personne. Au pied du lit gisait Hélion, le teint gris de mort. Elle ne se souvenait de rien, si ce n'était qu'une étrange fatigue l'avait gagnée alors qu'elle cousait près de la fenêtre. Au loin, montaient les chants insouciants et joyeux des trouvères qui animaient la fête.

Un hurlement de bête retentit dans l'appartement vide, résonna dans les couloirs déserts, s'amplifia en écho jusqu'au donjon de la forteresse et s'élança au delà des murailles. Plus jamais la vie ne serait comme avant. Dieu l'avait punie. Dieu les avait punis tous les deux, elle et son mari. Elle en était sûre... Aénor se mura dans le silence et plongea dans un abîme d'ombre.

Elle demeura prostrée, prisonnière d'une longue nuit qui dura plusieurs années. Le temps passa... Elle ne sut comment. Car chaque heure, chaque minute n'était que douleur et culpabilité. Un jour, enfin, au bout de sa nuit, elle entrevit une lumière, la lumière du reclusoir.

Et maintenant, de l'autre côté de ce mur, se tenait son fils, son Fils, l'avant bras appuyé sur le rebord de sa fenêtre, les poils blonds brillants de soleil, qu'elle devinait plus qu'elle ne voyait, la main calleuse de paysan aux doigts striés de coupures noircies, une main qu'elle n'osait étreindre par timidité et par retenue, par désespoir aussi devant la distance qui les séparerait toujours et ne pourrait jamais être abolie, la distance infligée par le temps perdu qu'ils ne rattraperaient jamais... Et déjà elle s'en voulait de son amertume et de son manque de reconnaissance devant le miracle accompli par Dieu, Dieu qui avait entendu la prière qu'elle ne formulait plus depuis longtemps, Dieu qui avait accepté son sacrifice et qui avait décidé ce miracle auquel elle avait renoncé depuis longtemps.

Le fils, muet, écoutait sa mère, regardait le vieux visage pur et ridé, à la peau diaphane que la lumière matinale enveloppait de l'aura d'un autre monde. Les yeux sombres brillaient d'une lumière hors du temps, une lumière intérieure qui n'était que paix et renoncement. Il comprit qu'elle ne pouvait pas se réjouir d'une joie humaine car elle ne faisait plus depuis longtemps partie de ce monde. Elle était sa mère, et en même temps elle n'était plus sa mère. Elle avait transcendé cette condition pour devenir la mère de tous les hommes. Il soupira, déçu, et elle le vit. Elle lui sourit. D'un beau sourire paisible. Alors il comprit que c'était bien ainsi. Il sourit en retour.

Aénor voulut connaître le nom de son enfant.

– « Loann », prononça-t-elle pour la première fois. « Loann » répéta-t-elle, avide de goûter le nom de son fils.

Maintenant, elle souhaitait lui prendre la main. Elle se sentait peu à peu revenir à la vie incarnée, à la vie terrestre. Soudain, elle prit peur de le voir s'évanouir, comme un des nombreux mirages, compagnons des premières années de solitude carcérale volontaire dans l'ermitage. Loann le sentit et osa lui prendre la main. Sa main à lui était chaude. Sa main à elle était froide. Peu à peu la chaleur passa de l'une à l'autre, et ils se retrouvèrent au diapason des corps.

La voix du jeune homme s'éleva à son tour pour lui conter la fin de l'histoire :

– C'était une nuit douce. Ma mère a gardé en mémoire les chants qui montaient de la terre autour des feux de la Saint Jean. Elle n'était pas de la fête. Elle cherchait des rebus de nourriture sur la décharge.

La femme pataugeait dans les tripes de mouton quand soudain, du haut du chemin de ronde, quelqu'un jeta par les créneaux un paquet, puis un deuxième, qui roulèrent le long de la pente, amortis dans leur chute par les peaux sanguinolentes des animaux égorgés de frais pour la fête. Deux yeux fluorescents brillèrent dans l'ombre. La serve se retrouva face à face avec une louve décharnée, sans doute attirée par l'odeur du sang, qui elle aussi fouillait la décharge à la faveur du crépuscule.

Un des paquets roula et vint se loger entre les pattes de la louve qui fit un bond en arrière, puis se rapprocha, intriguée par une odeur inhabituelle. Le tissu qui s'était déroulé laissait apparaître une forme pâle, qui se mit à vagir. La serve reconnaissait ce son entre mille, cet appel accordé par la nature à toutes les femmes, sauf à elle. C'était un nouveau-né !

Elle croisa le regard de la louve. Toutes les deux avaient compris… La femme esquissa un mouvement vers l'enfant. Aussitôt la louve montra les crocs dans un grognement non équivoque, le moignon de queue et les poils dressés, menaçants. La paysanne était pétrifiée de peur et submergée par le désespoir. L'enfant allait être dévoré sous ses yeux ! Le temps était suspendu. Le tête à tête s'éternisait, rythmé par les respirations haletantes de la femme et de la bête.

Soudain, la louve sursauta. Entre ses pattes, le nouveau né s'était mis à téter, attiré par l'odeur du lait. Décontenancée, la bête hésita un moment puis se laissa tomber sur le flanc et, dans un regard de défi à la paysanne, s'abandonna au soulagement de la tétée, les mamelons durs et enfiévrés.

Au moindre mouvement que la femme esquissait, la bête montrait les crocs. Au bout d'un long moment, la louve se redressa et, avec toute la délicatesse dont elle était capable, saisit le bébé dans sa gueule et l'emporta dans la nuit.

– Ma mère était là, livide et battue, complètement éberluée. Soudain, un vagissement l'a rappelée à la réalité. Elle s'est souvenue subitement de l'autre paquet. Elle a grimpé à quatre pattes la pente, le cœur battant, et elle a découvert un autre bébé, sûrement le jumeau de l'enfant de la louve ! Elle s'en est saisi, le cœur affolé, m'a-t-elle dit. Elle l'a reniflé, elle l'a retourné : c'était un garçon. C'était moi...

La recluse imagina la serve qui partait en claudiquant dans la nuit, serrant son trésor sur son cœur. Elle imagina la louve léchant son trésor au fond de la tanière. Dieu avait puni Aénor. Mais dans sa grande bonté, Dieu avait donné à ses enfants des mères. Dans sa grande bonté, Dieu venait de délivrer la recluse de la torture de ne pas savoir ce qu'il était advenu de ses enfants. Elle rendit grâce.

ÉPILOGUE

La chaleur lourde de l'été a succédé à la brise fleurie du printemps. Les blés gorgés de soleil tombent en cadence sous les faucilles des paysans aux corps luisants de sueur. C'est la première année que Loann ne participe pas aux moissons. Frère Tancrède a été chargé de son éducation. Une nouvelle vie commence pour lui parmi les écoliers et les novices.

Vêtu de bure grise, il étale maladroitement au pinceau la colle d'ail sur le vélin. Puis, d'un geste délicat mais encore incertain, il applique la mince feuille d'or pilé qui illuminera la page. C'est ensuite le moment de la couleur bleue, le précieux lapis-lazuli patiemment réduit en poudre. L'odeur d'œuf attire une mouche assoiffée qui vient se désaltérer à même l'enluminure. Loann s'arrête pour la regarder faire. Il attend patiemment qu'elle finisse son repas. C'est bien la première fois de sa vie qu'il prête attention à une mouche ! Il réalise soudain combien il a changé en quelques mois…

L'espoir inconcevable s'est réalisé. Chaque jour, après l'office des matines, Loann se dirige en procession parmi ses jeunes camarades jusqu'au scriptorium où lentement, péniblement, il acquiert les rudiments d'écriture, s'initie au latin, manie les chiffres romains et les chiffres arabes… Les moines enseignent aux jeunes garçons la grammaire et la dialectique. L'arithmétique et l'astronomie sont hélas de plus en plus délaissées. Frère Tancrède envisage déjà un voyage en Catalogne, pour que son neveu, curieux et avide d'apprendre, soit en contact avec la science des Arabes. Mais ce sera pour plus tard.

Plus tard aussi, il lui fera partager les traductions d'Aristote, qu'il est lui-même en train de découvrir. Mais en attendant, il l'initie modestement à la géographie, à l'histoire du monde, à celle de sa famille, dont Loann prononce le nom avec respect et incrédulité. Tout un univers de connaissance l'entoure et l'attend, tapi entre les pages des codex de la bibliothèque. C'est la dimension dont il avait toujours rêvé, sans vraiment y croire. Son oncle Tancrède dit qu'il ressemble à son père…

Certains matins, au réveil, Loann se croit dans un rêve, étonné de ne pas retrouver autour de lui les objets familiers de la chaumière. Il ne sait pas ce qu'il va devenir. Il sait seulement qu'il y a tant de choses à apprendre, et c'est bien ainsi.

Les chants des moines qui résonnent contre les pierres apportent la paix. Mais parfois Loann se sent à l'étroit au monastère. Tels les sons prisonniers qui tourbillonnent sur eux-mêmes et dont les échos assourdis se mélangent, emprisonnés sous l'arrondi des voûtes de l'église, Loann tourne sur lui-même et étouffe entre les murailles. Alors il demande la permission de sortir. Le travail physique lui manque. L'équipe des moines maçons l'embauche à la construction du réfectoire et des cellules qui vont bientôt remplacer les baraques de bois temporaires. Parfois encore, il part dans la forêt. Là, pendant des heures, il avance, seul, et il cherche. Il cherche sa sœur, la Fille Loup. Il ne l'a pas encore trouvée. La meute a quitté la tanière d'hiver. Mais il est patient.

*

* *

La Fille Loup contemple avec un émerveillement toujours renouvelé ses petits devenus grands. Joueurs, ils courent après les mouches, et sautent pour happer en plein vol les papillons qu'ils recrachent aussitôt morts pour en poursuivre d'autres. Elle esquisse un semblant de sourire, puis s'arrête. Le sourire est le propre des hommes. Elle a compris qu'elle n'a pas sa place parmi eux. Elle sait que l'humain qu'elle aime n'est qu'un rêve. Elle ne peut pas être sa femelle car il marche droit et elle avance à quatre pattes. Elle ne sait que grogner quand des sons mélodieux naissent de sa bouche.

Elle gardera précieusement le souvenir de sa nuit passée avec lui dans la tanière. Aux incantations ensorcelantes de la femme des marais, il a préféré les chants des moines. Et c'est bien ainsi.

Loup Noir est parti. Il a enfin quitté la meute. Mais il était déjà tard dans la saison du renouveau. Il devra sûrement passer des mois tout seul avant de se constituer un territoire et de trouver une compagne. Cela risque de prendre du temps car les hommes se sont mis depuis peu à couper les arbres. La Fille Loup ne comprend pas pourquoi, et elle s'en inquiète.

Quant à elle, sa joie renaîtra à chaque printemps avec les nouveaux-nés de la louve dominante. Les enfants de la meute sont son présent et son avenir. Et c'est bien ainsi.

*
*   *

La recluse est assise sur le rebord du bassin intérieur qui recueille l'eau de la source. Le flot n'est plus si abondant en cette saison. Elle plonge la main dans l'eau fraîche et caresse langoureusement la masse liquide. Retrouver ses enfants lui a rendu un peu de sa dimension humaine. Selon le moment du jour, elle est soit la recluse, soit Aénor.

Une grosse mouche attirée par la fraîcheur s'est introduite dans le reclusoir et tourne un moment en bourdonnant dans la pénombre. Désorientée, elle se cogne tantôt au mur mitoyen de la nef, tantôt à la paroi de la roche. Soudain, elle retrouve sa liberté et file droit vers le ciel.

Aénor restera recluse. C'est pour elle une évidence. Le reclusoir est sa vie. Sa vie est prière et sera prière, pour les vivants et pour les morts. Aénor attend la visite de sa Fille Loup, Zahira. Elle sait qu'elle reviendra, une nuit. Elles chanteront ensemble.

Loann va bien. Il est dans de bonnes mains et grandira sous la conduite éclairée de son frère Tancrède. Celui-ci saura l'éduquer comme il sied à un jeune châtelain, au petit neveu du Seigneur du fief. Mais surtout, il saura le guider. Et un jour le jeune homme choisira de devenir moine ou soldat, ou de découvrir le château et de fonder une famille.

Quant à Aidlinn, sa fille perdue, sa fille vendue, elle repose au cimetière du monastère.

Le jour même où Aénor découvrait ses deux enfants, frère Tancrède vint la trouver et enfonça le dernier clou :

– J'apporte ta délivrance, lui dit-il. Ce matin à l'aube, l'Enchanteresse a sonné à la porte du monastère. Elle transportait sur sa mule sa fille adolescente morte, une fille aux longs cheveux noirs, pareille à toi quand tu étais jeune... La femme m'a demandé de te transmettre ce message : « Je retourne le troisième enfant qu'Hélion m'avait promis. Elle est morte maintenant. Je vous demande de la rendre à sa mère. »

Alors, pour la deuxième fois dans la même journée, après seize ans de silence coupable puis de silence choisi, Aénor livra à son frère le secret de sa transgression et décoda avec lui le secret de la trahison d'Hélion, trahison envers sa femme, envers son enfant à naître, et par-dessus tout trahison envers Dieu. Humblement, elle accepta la bénédiction du moine.

*

* *

C'est la nuit. L'Enchanteresse se tient droite devant l'entrée de la caverne. Elle contemple le ciel. Aidlinn, son éclat de soleil, sa fille, s'est éteinte et est allée rejoindre la nuit de la poussière. Morgen fait quelques pas et se cogne à une branche du pommier. Sous le choc, une pomme verte s'en détache et roule le long de la pente. Elle la cherche des yeux dans l'herbe à la clarté grise de la lune.

À son tour, Morgen descend la pente douce et s'arrête, les pieds nus dans l'eau de l'étang. Elle est tiède. Pour combien de temps y aura-t-il encore de l'eau ? Les cisterciens vont bientôt entreprendre l'assèchement des marais des Prés Maudits, que les paysans appellent de plus en plus souvent les Prés Marie...

Il y a longtemps, au début du monde, il y avait le royaume des eaux. Maintenant, c'est le temps de la terre et le règne des hommes. Plus tard, il y aura le temps du ciel, peut-être... Morgen sait beaucoup de choses, mais elle ne sait pas tout.

Les hommes de maintenant sont de plus en plus curieux. Ils fascinent l'Enchanteresse. Elle les envie presque... Ils prennent des risques afin de savoir, afin de comprendre. Cela les rend grandioses. Cela les rend vulnérables. Ils lui ont donné, à elle, l'envie d'expérimenter et d'apprendre ce que veut dire « ressentir » et « aimer ». Sans leur désir de savoir, elle n'aurait pas pu faire un pacte avec l'un d'entre eux ; elle n'aurait pas pu devenir mère. Mais a-t-elle vraiment été mère ? A-t-elle réussi à surmonter son indifférence ? Aïdlinn l'a jugée : elle lui a dit que non. Morgen n'en est pas si sûre. Elle restera marquée par son aventure humaine.

« La Terre a enfanté la lune. La lune brille depuis des milliers d'années. Les loups hurlent à la lune. La recluse chante un cantique dans la nuit. Et moi, je pense », se dit-elle. « La louve, la femme et moi incarnons les trois facettes de la vie terrestre, l'instinct, le sentiment et la connaissance. Chacune vit dans son monde, mais regarde ailleurs, avec fascination... Nous ne sommes pas rivales. Nous sommes les enfants de la Terre » se dit-elle en levant les yeux vers le ciel constellé.

L'Enchanteresse se tut et se plongea à l'écoute des chants des étoiles.

N° d'éditeur : 1275 Dépôt légal : Juin 2012

Achevé d'imprimer par Dupli-Print
à Domont (95) en juillet 2012
www.dupli-print.fr
N° d'impression : 204695
Imprimé en France